英文騎士團長

用繪本、橋梁書和小說
打造孩子英語閱讀素養

戴逸群 著

三民書局

| 推薦序 |

中學那些年，幸好有閱讀

林律君
國立交通大學英語教學所所長
暨語言教學與研究中心主任

　　和戴逸群老師的認識與交流，著實是「以文會友，以友輔仁」。我們實際見面、交談過的次數很有限，卻時常在臉書上互相關注和留言，我常讚嘆他的教學好文、教學分享及影片創作。我常想如果把我們曾有的文字交流製作成文字雲，文字雲裡最大的三個關鍵字，應該就是**英文**、**閱讀**及**繪本**。

　　英文、閱讀、繪本這三個字確實也是我成為老師、成為研究者、成為母親後很重要的三個關鍵字。從大學開始教授兒童美語、補習班成人英語，畢業後擔任國中英語老師，教英文的年資已超過二十年；後來赴美進修，我的研究主題是兒童語言與閱讀發展；回到台灣進入交通大學服務，我持續大學的英語教學及閱讀教學的相關研究；成為母親後，因為親子共讀與相關繪本教學的研究，繪本，特別是英文繪本，成為我除了學術論文外，最常閱讀的素材。

　　繼上一本暢銷著作《繪本英閱會：讓英文繪本翻轉孩子的閱讀思維》，很開心盼到戴逸群老師的新書，萬分意外與榮幸受邀撰文推薦。在閱讀書稿的過程，我一直回想起中學那些年，心頭湧現一句話：「**那些年，幸好有閱讀。**」

六、七年級聯考世代的共同閱讀回憶，應該是《最高水準》、《點線面》、《新超群》這些參考書，或許還參雜著金庸與瓊瑤兩派閱讀族群。而英文小說閱讀應還只是大學英、外文系學生才會做的事，更遑論閱讀當時尚未普及的英文繪本。那個年代，「廣泛閱讀」一詞尚未成為學術顯學，但我很幸運在國、高中時期遇到的兩位英文恩師，都很有遠見的將廣泛閱、聽融入英語教學中。國中三年被要求星期一到五追《大家說英語》的廣播；英語課裡，老師搭配課文單字、文法重點的節奏英文 (Jazz Chants) 和各種短篇故事閱讀，經過三年的日積月累，札實的為國一才開始學英文的我，打下了語言學習中重要的聲音與文字覺識基礎 (language awareness)。

　　高中英文老師同樣重視英語聽力的培養，透過每周一、二次的考試，要求我們每天準時收聽《空中英語教室》，在那個沒有網路、沒有 CD 的年代，除非用錄音帶錄音，否則錯過了廣播，就真的錯過了！聽廣播搭配雜誌內的各種文體文章，英文成了我吸取多元新知的重要工具。高中英文老師影響我人生甚遠的一件事，就是要求我們寒暑假閱讀《簡易英語世界名著》。這套書共有 35 本改寫世界名著的小說讀本，初略分成兩個級數，我記得我在高一的寒暑假念完《湯姆歷險記》 (The Adventures of Tom Sawyer)、《小婦人》 (Little Women)、《塊肉餘生錄》(David Copperfield)、《孤雛淚》(Oliver Twist)、《織工馬南傳》 (Silas Marner) 幾本第一輯的小說，閱讀速度、理解與信心大增。高二、高三進階到第二輯的《傲慢與偏見》(Pride and Prejudice)、《簡愛》(Jane Eyre)、《咆嘯山莊》(Wuthering Heights) 等，我被小說中想得而不得的愛情過程或結局深深打動，英語小說閱讀成為一個重要的陪伴。我記得因為太愛這套難得被老師允許的課外小說，我央求父母買下一整套 35 本小說，現在這套小說還完好的珍藏在我的研究室，十幾本小說裡都有年少的我查字典、註記的閱讀足跡。現在想來，高一的我是在念英文，高二、高三才是真正地閱讀英文。

在那個獨尊聯考的年代，而我又生長在資訊與教育資源相對較缺乏的南部，兩位走在英語教學創新前端的老師培養了我悅聽、樂讀英文的能力、興趣與素養，成為我終生的興趣與職志。

三十年後的現在，幸好有越來越多像戴逸群老師這樣在學校體制內，翻轉將英語學習視為學科知識、考試科目的學習。而戴逸群老師長期致力於推廣英文繪本與小說閱讀的成績，亦是有目共睹，且獲得國內多項教育成就獎項的肯定，受封為「英文繪本教學的掌舵者」可謂實至名歸。

《英文騎士團長：用繪本、橋梁書和小說打造孩子英語閱讀素養》不論是內容、文字或圖文編排都相當 reader-friendly（友善讀者）。戴逸群老師集結、整理他這些年繪本與小說閱讀教學的心得，分成「閱讀心法篇」、「閱讀實戰篇」，循序漸進的從廣泛閱讀與閱讀教學相關的 why（為什麼）和 what（是什麼），進入閱讀教學的 how（如何教），最後以提供教案示例與經典繪本、橋梁書及小說書單，協助讀者作為閱讀教學的延伸應用。此外，本書也特別連結 108 課綱 19 項重要議題與關鍵閱讀素養，很適合希望發展英文繪本或小說閱讀特色課程的教師參考。

書中有一句話，深深打動我：「引導孩子把自己想像成一個具有冒險精神的閱讀騎士，記得讓他們『享受閱讀』而非『學習閱讀』。」一直覺得能成為戴逸群老師的學生，直接感受到他對英語學習及閱讀的熱情，受到他的啟發是件多麼幸運的事！而現在，我們能夠閱讀戴逸群老師用心整理與撰寫成的閱讀教學指南，也甚是幸運。一本書的撰寫完成，靠的不只是專業知識、能力，還有非常人的信念與堅持，很欽佩也要恭喜在這本書中變身成「英文騎士團長」的戴逸群老師，本人能撰文推薦，與有榮焉。

前言

這是一個長期投入英文閱讀推廣教師最誠摯的告白
也是一段陪伴學生閱讀與成長最動人的故事
戴逸群老師這次將化身為英文閱讀校園推手
將推廣英文閱讀的方法用文字記錄下來
並和大家分享適合學生學習英文的書單
從繪本、橋梁書到青少年小說
這些書本將陪伴孩子度過美好的青春歲月
從英文老師的角度所設計的閱讀活動學習單
不只教會孩子閱讀更教會孩子思辨
這是一本適合英文老師、閱讀推廣教師及家長的工具書
看戴逸群老師如何讓孩子的英文學習真正落實在生活上
並帶領學生透過閱讀培養帶得走的能力與素養

目錄

第 2 章　　閱讀實戰篇

第 1 章

閱讀心法篇

閱讀心法篇從一個學校教育工作者的角度出發，和老師及家長分享如何培養孩子的閱讀習慣，從繪本、橋梁書到青少年小說，一步步陪伴孩子走過青春的美好歲月。嚴選出的三十本繪本、十五套橋梁書、三十本青少年小說更是英文學習不可或缺的良伴。

　　在校如何推廣英文閱讀？閱讀該如何分級？閱讀認證又有哪些工具？這些問題在閱讀心法篇都會為您解答。透過閱讀，孩子的英文能力會有超乎你想像的成長，這是一個來自英文老師最誠懇的告白，希望每一個孩子都能受惠。

一個英文
老師的告白

　　大家好，我是戴逸群，是個教書已有十年資歷的英文老師，國中、普高、技高的學生我都教過。在這說長不長、說短不短的教學生涯中，我發現了一個英文教學普遍的事實：臺灣的英文教育過於死板，老師在教室中教的常是考試用的英文，大多著重在探討單字、句型，甚或逐字的翻譯，孩子或許很會考試，但一旦碰到外國人便開始支支吾吾，甚至有些同學我用逃之夭夭來形容可能也不誇張。

　　不安於現狀的我，總想在課本之外帶給學生不一樣的英文學習體驗，於是加入了教科書的編輯工作，希望學生的英文課本變得更加活用、更加有趣。但學校的英文課程畢竟只是一種點綴式的學習，旨在培養孩子的英文興趣，卻無法真正深化孩子的英語實力，而語言的學習需要的是浸潤式的學習，唯有長時間的投入與接觸，才能學好一種語言，並將語言及背後蘊藏的文化深植於心。

　　每當思考起臺灣的英文教育，有個聲音就會在我心中不斷出現，到底該怎麼翻轉臺灣的英文教育？我曾進入美國的國中小校園，第一線觀察美國學生母語的學習情況後，我有一個重大的發現：美國非常強調孩子的閱讀能力。在閱讀課中小朋友讀的可不是教科書，而是我們所謂的課外書，這些分級讀本與小說伴隨著小朋友長大，也教會他們各種學科的知識。

　　回到臺灣後，我便在校園內積極地推動英文讀物的廣泛閱讀，我帶著先前的高中生閱讀青少年小說,培養孩子的閱讀素養;針對現在的技高學生,我也帶領他們閱讀英文分級讀本,啟發他們對於英文的興趣,透過大量的閱讀將英文學習落實在孩子生活當中。在我的課堂中,我希望學生們都能擁有冒險進取的閱讀精神,透過閱讀能擁有不同的文化理解、能夠厚植自己的視野與培養無限的想像力,當然在英文的學習上,單字、文法和寫作等能力也將在閱讀的過程中一併成長。

回想起自己的英文學習之路,其實和大部分的學生無異。我常說自己是 MIT 的英文老師,這個 MIT 可不是大名鼎鼎的麻省理工學院,而是 Made in Taiwan 的臺灣製造。在國中升高中的那年暑假,我接觸了第一本的英文分級小說,大學時期才藉由廣泛的閱讀打開英語學習的視野,如今何其幸運的成為一名英文老師。我心想,如果能將這套廣泛閱讀的系統與方法分享給同為教學前線的老師或廣大的家長們,讓學生不用繳昂貴的英文補習費用,不用再去雙語學校也能享有雙語學習環境該有多好。

當然要做到這些,還得倚靠我們的英文學習帶領者——英文老師、閱讀推動教師和家長的攜手努力。書中我將和大家分享學生們最愛的繪本、橋梁書和青少年小說書單,教會大家如何做閱讀分級、在課堂中又該如何帶領學生閱讀,並把在校英文閱讀推廣的經驗和大家分享。希望臺灣的英文教育能夠因此真正翻轉,讓英文學習真正落實在孩子的生活當中,讓孩子帶著自然習得的英文能力,自由闖蕩浩瀚的英語世界。

英文閱讀校園推手
戴逸群

廣泛閱讀的力量

　　身為一個老師，不管是班級經營或是課堂經營，班級共讀是我常使用的手段。晨讀時間，學生們閱讀著他們喜歡的中文小說，佐茶、伴咖啡度過早自習的美好時光。英文課時，班級則有共同閱讀的英文小說，教科書不再是學習英文的唯一教材。我一直認為閱讀應該要成為學生的一種習慣。身為一個閱讀推手，我的任務就是要拉近學生與書本的距離，讓學生愛上閱讀。

　　而「廣泛閱讀」更是我在英文教學上堅信的方法。廣泛閱讀顧名思義就是閱讀各式各樣的書籍，孩子藉由閱讀適合他們程度且有興趣的讀本，在享受閱讀樂趣的同時，不知不覺中便提升了閱讀英語的速度與流暢性。每每在批改英文作文時，我發現平時有在閱讀課外書籍的孩子，寫出來的作文就是與填鴨、背公式的學生層次不一樣，文藻華麗且用詞精確。

　　挑選一本程度適合且有興趣的書籍，往往是閱讀習慣能否養成的關鍵，這本讀物一定是能夠讓孩子樂在其中的書籍，當然也不能有太多生難的單字，因為太多生難字詞會讓閱讀速度變慢，造成文意理解困難。在廣泛閱讀時，也別在閱讀的過程中查字典，試著用上下文的線索來猜測文意，引導孩子把自己想像成一個具有冒險精神的閱讀騎士，記得讓他們「享受閱讀」而非「學習閱讀」。

廣泛閱讀的好處

廣泛閱讀對孩子的英文學習是相輔相成的，藉由閱讀真實且自然的文字，孩子可以學習到英文課本以外的英文。舉例來說，孩子在閱讀《奇蹟男孩》的小說時，他們會學到 goody-goody（乖乖牌）、genetics 101（遺傳學入門）、run a temperature（發燒）、ditch somebody（把……晾在一邊），這些詞彙是在英文課本中學不到的道地英文。甚至，一些罵人的英文詞彙像是 moron（低能兒）、phony（偽君子）在小說中也學得到。這也可能是為什麼《奇蹟男孩》這本小說會讓我的學生們這麼愛不釋手的原因，或許他們正藉由閱讀擺脫道德的約束，心底偷偷罵著從小說中學來的童言童語，抱怨著某件讓他們心煩的事情呢！

此外，藉由廣泛閱讀，孩子也能夠歸納出文法句型的使用時機，驗證英文課本中文法句型的規則與用法。臺灣長期教條式的英文教學，往往把孩子訓練成解題的工具，但接觸這些真實且道地的文字則能讓孩子一窺英文課本以外的世界。而且說實話，這些繪本、橋梁書及小說可遠比教科書來的受孩子歡迎。

透過廣泛閱讀，孩子能夠大量接觸與他們程度相當的英文，老師和家長們可以配合有聲書及電影來激發孩子的閱讀動機。一旦閱讀習慣養成後，孩子的閱讀速度與流暢性會越來越好，他們便會主動去涉略不同的題材與挑戰更難的文本。這也就是我所說的——廣泛閱讀的力量。

閱讀起步走

從學齡前、小學、中學、高中到大學，不同階段的讀者都有適合該階段的閱讀素材。在教書生涯中，我教過各種不同階段的學生，每個階段的孩子也都有自己喜歡的讀物類型。

像繪本被公認為最適合兒童閱讀的圖書類型之一。繪本的閱讀難度較低，豐富繽紛的圖片能吸引孩童的目光，且繪本是有故事性的文本，涵蓋了孩童成長的各式課題。接觸英文繪本不僅能學習語言，同時還能兼顧孩子的多元發展，並強化美感教育。

當孩子有辦法念出繪本中的常見字 (sight words) 或是朗讀簡單句子後，可以進階到橋梁書的閱讀。此階段的閱讀目標是在培養孩子獨立閱讀的能力，讓孩子從讀圖進階到讀字，體驗文字的魔力，橋梁書則能擴增孩子的單字量，為下一階段的閱讀做準備。

當孩子能獨立完成一本橋梁書的閱讀後，便可開始閱讀含有較複雜故事劇情的小說。小說閱讀的目標就是要培養孩子成為一個成熟的閱讀者，他們將開展出自己的閱讀策略，開始接觸各式各樣題材的文本，讓閱讀豐富自己的靈魂，成為生命中不可或缺的一部分。

繪本

能從小接觸英語學習環境的家庭並非社會多數，實際接觸教學現場的十年間，我發現仍有許多孩子在小學時未能打下扎實的英語基礎，因此到了國高中階段，許多學生就會和從小接觸英文廣泛閱讀的孩子有相當大的起跑點落差。

這些尚屬英語初學者的學生，常面臨學習動機不足、瓶頸無法跨越、學習信心低落等問題。他們所需的英文學習素材，需要簡單且活潑豐富的內容，例如繪本、有聲書、歌謠和卡通。事實上，許多繪本蘊藏著深厚的內涵，在圖片與字裡行間不經意的讓孩子體會到豐富的情感與抽象的哲理，非常適合剛上國中的英語初學者閱讀。

在此推薦三位我非常喜歡的兒童繪本作家，分別是艾瑞卡爾爺爺 (Eric Carle)、蘇斯博士 (Dr. Seuss) 和安東尼布朗 (Anthony Browne)。他們的繪本作品用字淺顯，句構簡單又充滿童趣，相信會是啟蒙剛接觸英文的孩子的最佳良伴，也可以做為基礎教材啟發孩子對英語學習的興趣。

老師及家長不妨上圖書館或書店，借閱或購買這三位繪本大家的作品，搭配有聲書或童謠，甚至現在影音網站上都有非常多母語人士說故事的影音資源，方便帶領孩子一起透過聆聽故事，熟習於英語環境之中。

艾瑞卡爾爺爺經典繪本

留著大鬍子的卡爾爺爺是享譽國際的兒童繪本作家，他用一支畫筆和神奇的拼貼魔法，創造出《好餓的毛毛蟲》(*The Very Hungry Caterpillar*)、《棕色的熊、棕色的熊，你在看什麼？》(*Brown Bear, Brown Bear,*

What Do You See?)、《從頭動到腳》(From Head to Toe)、《1, 2, 3 到動物園》 (123 to the Zoo)、《我的第一本……》 系列 (My Very First Book of...) 等許多耳熟能詳的兒童經典繪本。卡爾爺爺的作品除了流露出對大自然與動物的尊重與關懷，重複且有韻律的英文句子更能啟發孩子對英文的喜愛。

蘇斯博士系列繪本

蘇斯博士是全美最受歡迎的兒童文學作家，他擅長運用文字押韻讓故事呈現出趣味十足的節奏感，所以他的作品非常適合搭配有聲書一起閱讀，透過大聲朗讀體驗蘇斯博士文字裡的奇幻魅力。他的作品像是 《戴帽子的貓》(The Cat in the Hat)、《綠火腿加蛋》(Green Eggs and Ham)、《羅雷司》 (The Lorax)、《荷頓奇遇記》(Horton Hears a Who!) 都展現了蘇斯博士的想像力與創造力，看似無厘頭的單字組合和類似繞口令的句子排列，讓孩子在生動趣味的語言環境下自然學會英文發音。

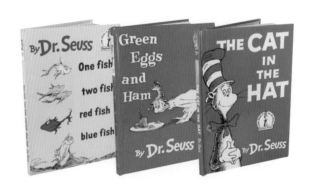

安東尼布朗系列繪本

　　安東尼布朗是英國兒童文學桂冠作家，也是「國際安徒生大獎」和「英國凱特格林威大獎」的雙料得主。安東尼布朗喜歡在繪本中加入許多令讀者出乎意料的視覺雙關，他的小猩猩威利系列和家庭系列繪本深受家長和孩童的歡迎。

　　小猩猩威利系列繪本《遜咖威利》(*Willy the Wimp*)、《大英雄威利》(*Willy the Champ*)、《夢想家威利》(*Willy the Dreamer*)、《威利的畫》(*Willy's Pictures*)、《威利和一朵雲》(*Willy and the Cloud*) 皆蘊涵安東尼布朗式的幽默，並用簡單的語言傳達出孩童的心聲。

　　家庭系列繪本 《朱家故事》 (*Piggybook*)、《穿過隧道》 (*The Tunnel*)、《小凱的家不一樣了》(*Changes*)、《傻比傻利》(*Silly Billy*)、《你看我有什麼》(*Look What I've Got*) 則關注親子關係和家庭生活，幫助孩童找到情感的寄託，也讓身為成人的我們反省自我。閱讀安東尼布朗的繪本作品時，別忘了仔細品味他那「畫中有話」的圖畫，相信你會因安東尼布朗別出心裁的巧思而愛上繪本。

經典閱讀
經典三十繪本書單

　　對於英語有概略認識後，接下來的經典三十繪本書單，便是針對這些具有初階英文程度的國中生們所挑選的英文課外讀本。此書單考量國中階段孩子的英文能力與人格養成，嚴選出三十本值得中學生一讀的英文繪本，並將這些繪本分為六大主題：認識最棒的自己、親愛的家人、友情與陪伴、接納與包容、向楷模致敬和會心一笑。

　　國中時期的孩子正處於身分轉換的階段，既不能像兒時稚氣又依賴，也無法如成人般成熟獨立。他們因此產生許多自我懷疑與自我認同的危機，與家人的相處也開始產生微妙的變化，孩子想證明自己已經可以獨當一面，但家人又因擔心而無法完全放手。在人際關係上，這個階段的孩子也更渴望贏得同儕的認同，為了贏得同儕團體的接納，可能因此傷害到他人。或許大人說教式的管教方式會與孩子產生衝突，不妨試著讓孩子從經典三十的繪本中學習理解自我與成長，並從中建立自己的是非判斷標準。

　　此外，每項主題前都加入了新課綱強調的 19 項重大議題，將該主題所涵蓋的議題完整標註出來，老師於課堂上便能輕鬆達到議題融入的目標。為了讓老師或家長能立即掌握繪本中的英文教學精髓，並推動延伸討論活動，培養學生的閱讀素養，每本繪本的最後也補充了「英文 Fun 新知」及「反思問題」。透過文本中英語用法的說明及反思問題的補充，能進一步培養孩子對於文本的思考，並學習用英文表達自己的見解。

┃ 認識最棒的自己 ┃

108 課綱 19 重大議題：人權、品德、生命、生涯規劃、多元文化、閱讀素養

　　國中階段的孩子在成長過程中有兩個重要發展任務——形成自我認同與建立角色統整。在這個成長的風暴期，孩子得從同儕團體中得到認同感，並找到自己在團體中合適的位置；他們得不斷調整自己的價值觀，在自我與團體的價值觀中尋求平衡。當孩子逐漸迷失在自身價值與外在的眼光中，老師與家長該如何教導他們面對自我追尋之路？這趟自我認同的人生旅程也被刻劃在許多繪本當中。

Horrible Bear!
《大壞熊！》
作者：Ame Dyckman
繪者：Zachariah OHora
出版社：Andersen Press UK

　　Horrible Bear!《大壞熊！》中的小女孩發現她心愛的風箏不小心被大熊龐大的身軀給壓壞了，氣呼呼的她在回家途中沿途咒罵著「大壞熊！」。而正在美夢中的大熊被小女孩的咒罵聲吵醒，有起床氣的他決定化身一隻大壞熊去找小女孩理論，萬萬沒想到小女孩竟然誠心道歉。原來，小女孩在跟她心愛的兔子玩偶哭訴大壞熊的惡行惡狀時，不小心將兔子的耳朵折斷了，小女孩這才瞭解，或許大熊不是故意弄壞她的風箏。於是，大熊決定不做大壞熊了，想幫忙把兔子的耳朵黏好。然而當山羊先生不小心吃掉小女孩的風箏時，和好的大熊和小女孩又該如何面對呢？

這本探討爭執和情緒管理的繪本是否讓我們想起某次與朋友的爭吵？如果我們是書中的大熊，又會如何面對山羊先生誤食小女孩風箏的狀況呢？

 英文 Fun 新知

讀完《大壞熊！》這本繪本，一定能學會跺腳、怒踩 (stomp) 這個動詞，stomp down the mountain、stomp through the meadow、stomp all the way home，因為這個跺腳 (stomp) 把小女孩對於大熊的憤怒更活靈活現的呈現在讀者面前。

📝 反思問題：

1. Is Bear really horrible? Does Bear mean to break the kite?
2. What does the broken rabbit's ear teach the girl?

Don't Leap, Larry!
《小旅鼠向前衝！》
作者：John Briggs
繪者：Nicola Slater
出版社：Pavilion Books UK

Don't Leap, Larry!《小旅鼠向前衝！》中的雷利 (Larry) 是一隻與眾不同的旅鼠。當所有旅鼠都在地洞中取暖時，他跑去與海鸚滑雪橇；當所有旅鼠都在吱吱叫個不停時，他獨自一人打著向海豹借來的邦戈鼓；當所有旅鼠吃著石頭下的苔蘚時，他獨自享用著義式臘

腸披薩。有一天，當所有旅鼠正衝向懸崖，展開集體跳崖的瘋狂舉動時，雷利又會做出什麼驚世之舉來拯救他們呢？

孩子的世界充滿對同儕認同的渴望，但他又該如何和內心世界的自己溝通呢？雷利不畏懼他人的異樣眼光、勇敢做自己的行為告訴了孩子們，或許我們不需要害怕與別人不一樣。

 英文 Fun 新知

Go with the flow 這個英文片語有隨波逐流的意思，或許有一天我們也可以勇敢的和自己說 "I don't need to go with the flow."。

📝 反思問題：

- -

1. Would you want to be Larry or one of the other lemmings. Why?
2. Have you ever disagreed with other people? Do you have the courage to be yourself?

Where the Wild Things Are
《野獸國》
作者：Maurice Sendak
繪者：Maurice Sendak
出版社：HarperCollins College Publishers

  Where the Wild Things Are《野獸國》中的小男孩阿奇 (Max) 是隻桀驁不馴的小野獸，頂撞媽媽的他被關了禁閉，不准吃晚餐。餓肚子的阿奇用他想像的魔力把房間變成了一座森林，乘著阿奇號帆船來到野獸的國度，手舞權杖成為野獸國度的國王。在一陣撒野後，阿奇開始想念起他的家人，於是他再次乘著阿奇號帆船回到真實世界中，而在房裡等待他的，竟是媽媽為他準備的熱騰騰晚餐！

  孩子在成長過程中難免會遇到一段狂飆的青春期，想要獨立自主的孩子容易與學校師長或父母產生摩擦，而他們也和阿奇一樣喜歡挑戰權威，對威權的違抗容易替他贏得同儕的認可。親愛的師長和父母，別忘了與孩子一起長大，逐步放手讓他們學會為自己的決定負責。孩子們，也別忘了師長及父母永遠是你最堅強的後盾，他們肩負著教導及養育下一代的重責大任，有一天你也將承擔起這樣的角色。

英文 Fun 新知

  《野獸國》有一段形容張牙舞爪的野獸很有趣，書中寫到野獸發出可怕的吼聲 (roar their terrible roars)、露出可怕的牙齒 (gnash their terrible teeth)、瞪著可怕的眼睛 (roll their terrible eyes)、伸出可怕的利爪 (show their terrible claws)，這些描述是不是讓沒看過野獸的孩子覺得很真實呢？

1. Where does Max have an adventure after he is sent to bed without dinner?
2. Why does Max give up being the king of the wild things and want to go home?

Bob the Artist
《大藝術家巴布》
作者：Marion Deuchars
繪者：Marion Deuchars
出版社：Laurence King UK

　　Bob the Artist《大藝術家巴布》中的主角巴布是一隻有著竹竿腿的鳥。有著「鳥仔腳」的巴布走到哪兒都被無止盡的取笑，貓咪笑他、貓頭鷹笑他，連他的同類都笑他。直到一天，他來到了美術館，深受名畫啟發的巴布決定將自己的嘴巴化作畫布，渲染上各種風格的色彩，原本取笑他的動物們這時開始稱讚起巴布，甚至原本被取笑的「鳥仔腳」都被稱作優雅。

　　繪本中的巴布和大部分的孩子一樣在意世俗的眼光。巴布藉由各種方法想要改變自己乾扁的雙腳，卻忽略了自己所擁有的創造力與美感細胞。活出自我的巴布告訴了世人一個道理，接納自己、肯定自己便能活出自己的價值。

英文 Fun 新知

貓頭鷹在看到巴布那精緻的鳥嘴作品時，發出了連連的驚嘆：多麼別緻 (How exquisite)、天才 (A genius)、不可思議 (Incredible)、勇氣可嘉 (Such daring)、 奇妙的色彩 (Amazing color)、 令人驚艷 (Stupendous)、色彩豔麗 (Brilliant)、藝術傑作 (A work of art)，這些用法我們都應該好好學起來，給予別人適時的稱讚！

📝 反思問題：

1. Why does nobody notice Bob's skinny legs anymore after he starts to paint his beak differently?
2. What changes the way the other birds see Bob?

George and His Shadow
《喬治與他的影子》
作者：Davide Cali
繪者：Serge Bloch
出版社：HarperCollins Children's Books

George and His Shadow 《喬治與他的影子》中的喬治有天撞見了自己的影子。喬治的影子如影隨形的出現在喬治的四周，和他共用

早點、一起散步遛狗，深受其擾的喬治要求他的影子回到地上，但影子仍然寸步不離的出現在喬治身旁。試盡各種方法仍趕不走影子的喬治只好轉變心情，開始與影子當起好朋友。沒想到夕陽西下後影子消失了，這時的喬治突然覺得有點寂寞……。

這個影子到底是個好朋友還是隻跟屁蟲？抑或是自己心中的心魔？影子其實就有如心中的自己，就看我們以什麼樣的心態來與自己的內在相處。

 英文 Fun 新知

《喬治與他的影子》中喬治與影子玩了兩個遊戲，分別是捉迷藏 (hide-and-seek) 和官兵捉強盜 (cops and robbers)。這邊再教大家

三種遊戲的英文：剪刀石頭布 (rock-paper-scissors)、井字遊戲 (tic-tac-toe) 和跳房子 (hopscotch)。接著，只要在前面加上 play 就能表示要玩這些有趣的遊戲了！

反思問題：

1. Who is this shadow? Why isn't the shadow stuck on the ground?
2. Why do you think George starts to make friends with the shadow?

| 親愛的家人 |

108 課綱 19 重大議題：環境、品德、生命、資訊、能源、安全、家庭、多元文化、閱讀素養、國際

　　療癒暖心的親情繪本溫暖了每一個青春期孩子的心。相信有不少孩子是由阿公阿嬤接送上下學的。阿公阿嬤會在赤日炎炎的盛暑到雜貨店買支冰棒給兒孫，或在寒風刺骨的冬天為他們披上保暖的大衣。此處介紹一本停電的家庭生活繪本和四本描寫阿公阿嬤的繪本，帶孩子重溫與家人生活的點點滴滴。

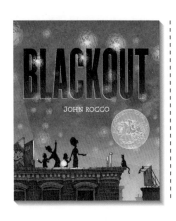

Blackout
《停電了！》
作者：John Rocco
繪者：John Rocco
出版社：Disney Press

　　Blackout《停電了！》故事發生在一個平凡的盛夏夜晚，家中每個人都忙碌著，忙著尋找好玩的桌遊、忙著與電話另一頭的朋友聊天、忙著敲打鍵盤、忙著烹飪美味的晚餐。突然間停電了，全家人放下手邊的工作，圍著手電筒和蠟燭團聚起來，爸爸帶大家玩起皮影戲。室內的悶熱讓大家決定到屋頂透透氣，璀璨星空在停電的夜晚更顯明亮，只是當電力一恢復，一切又回歸日常。或許切掉電源，

放下手頭正在忙碌的事物，家人團聚的時刻便是停電生活中最美麗的風景。

親愛的孩子們，在忙於課業、人際關係的同時，別忘了最愛你的家人。有時我們反而因為是最親的家人，而忽略了與他們的互動，別忘了每天花一些時間跟家人們聊聊天、談談心，溫柔真誠的對話才是家人間最有愛的相處。

英文 Fun 新知

許多生活化的英文用語和單字都能在繪本中學到，像是停電的英文是 blackout，也可以說 The power goes out。而停電時需要的手電筒，英文則是 flashlight！

反思問題：

1. Have you ever experienced a blackout? What do people do when the lights go out?
2. Do you think you have a close relationship with your family? Share your feelings about your family with us.

Nana in the City
《奶奶的城市》
作者：Lauren Castillo
繪者：Lauren Castillo
出版社：Houghton Mifflin Harcourt

Nana in the City《奶奶的城市》中的小男孩來到紐約找奶奶。曼哈頓擁擠的地鐵、喧囂的街道、塗滿奇形怪狀塗鴉的斑駁牆面，還有無家可歸的街友，都嚇壞了小男孩。晚上，奶奶幫小男孩編織那象徵勇敢的紅色披風。披上紅色披風後的小男孩彷彿有了超人般的勇氣，也看見了城市中不一樣的景象。

相較於《奶奶的城市》裡小男孩來到大城市找奶奶的場景，一些臺灣的孩子應該比較常回鄉下去找阿公阿嬤。姑且不論是城市還是鄉下，有阿公阿嬤關愛的地方就叫做家鄉。

英文 Fun 新知

美國人通常不稱自己的奶奶為 Grandmother，而是用 Grandma、Granny、Gran、Nana 這種較親暱的稱呼方式。同樣的，他們也不會稱自己的爺爺為 Grandfather，而會是用 Grandpa、Gramps 來稱呼自己的爺爺。

📝 反思問題：

1. Would you like to live in a big city or the countryside? Why?
2. Why does Nana think the city is the perfect place for her to live? Do you agree with Nana?

The Lines on Nana's Face
《奶奶臉上的皺紋》
作者：Simona Ciraolo
繪者：Simona Ciraolo
出版社：Flying Eye Books UK

The Lines on Nana's Face 《奶奶臉上的皺紋》 講的是一個小孫女與奶奶的溫馨故事。隨著歲月的增長，奶奶臉上的皺紋乘載著許多珍貴的回憶。看看這道皺紋，這是遇見爺爺那晚的回憶；而那道細紋，是奶奶為妹妹親手縫紉禮服的回憶；最後，與小孫女第一次相見的回憶，則深刻地保存在嘴角這道小小的皺紋中。

簡單的文字，細膩地刻劃出祖孫間的動人情懷，那一道道皺紋有如一幕幕的電影畫面在奶奶的腦內放映，《奶奶臉上的皺紋》絕對是抒情文的最佳典範。

英文 Fun 新知

　　藉由與小孫女的一問一答，奶奶不斷地回想起昔日美好的往事 (bring back her memories)，看來這些人生中的精采回憶都已轉為奶奶的長期記憶 (long-term memory)，儲存在腦海最重要的所在。

📖 反思問題：

1. What do the lines on Nana's face mean to her?
2. Some people don't like wrinkles. Why do you think Nana doesn't mind them at all?

Grandpa Green
《花園都記得》
作者：Lane Smith
繪者：Lane Smith
出版社：Roaring Brook Press

　　跟隨著 *Grandpa Green*《花園都記得》中小男孩的腳步來到爺爺的花園，園中藏有爺爺親手修剪出的回憶。原來爺爺曾是個農場上的小孩、一個有園藝夢的青年、入伍打仗的軍人、和法國女孩結婚的丈夫。如今的爺爺老了，在花園中總是忘東忘西。小男孩走進爺爺用回憶做工具所修剪的美麗花園，看著園中的一草一木，彷彿瀏覽了爺爺一生的傳奇。

　　花園幫小男孩記得那個爺爺純真的年代。沒有手機、沒有電視的日子裡，爺爺選擇用一草一木記錄了他的生活。出生在數位時代的孩子們，又選擇什麼方式留下自己生活的軌跡？

 英文 Fun 新知

　　故事中的爺爺在四年級時得了水痘，水痘的英文是 chicken pox。為什麼水痘和雞有關呢？有一種說法是，水痘剛開始被誤認為是天花 (smallpox)，但由於病狀沒天花來得嚴重，就改用了 chicken pox 來稱呼水痘，因為 chicken 有膽小的意思，表示這種傳染病不是那個病狀厲害的天花。

📑 反思問題：

1. Do you remember what you did with your grandparents in your childhood?
2. If you had a memory garden, what kind of shapes would your trees be?

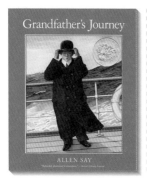

Grandfather's Journey

作者：Allen Say
繪者：Allen Say
出版社：Houghton Mifflin Harcourt

　　Grandfather's Journey 講述每一個異鄉遊子的心情故事。年輕的外公坐上蒸氣大輪船，穿越太平洋來到北美新世界，一望無際的農場讓外公想起浩瀚的海洋。他熱愛加州的一切，於是帶著青梅竹馬打算從此在這落地生根，不久小女兒也誕生了。然而，在女兒長大成人後，外公卻開始思念起太平洋彼岸的故鄉日本，因此再度帶著全家返回熟悉的故土，小孫子後來也在這片土地上誕生。奇怪的是，外公回到了家鄉卻仍心念異鄉，可惜他始終沒能再次踏上加州的土地。這次，孫子將帶著他的這份情懷，伴隨外公的願望遠走他鄉……。

Grandfather's Journey 用一張張圖片記錄著外公在家鄉與他鄉的生活，並透過孫子的文字敘述讓我們得以一窺外公跨文化的生活方式，試圖去理解這種思戀家鄉與漂泊他鄉的情懷。或許我們有天也能像故事中爺爺的孫子般，鼓起勇氣遠走異鄉，去體會外公那份思鄉之愁。

英文 Fun 新知

　　在故事中有一段文字生動地描述出戰爭的殘酷，砲彈從天而降，擊碎了我們的生活，如同狂風撕散落葉。"Bombs fell from the sky and scattered our lives like leaves in a storm." 擬人的比喻就如同在書中敲起戰爭的喪鐘，人命如落葉般無能抵禦命運的齒輪，令人感到恐懼。scatter 平時有撒播的意思，也能延伸用來比喻被驅散、分散的狀態。

> **反思問題：**
>
> -
>
> 1. Why did the grandfather start to miss his home country after many years of staying in California?
> 2. Which do you think is home to the grandfather, Japan or California? Why do you think so?

108 課綱 19 重大議題：海洋、品德、生命、家庭、多元文化、閱讀素養、國際

　　友情的陪伴是青少年成長過程中不可或缺的支柱。陪伴有很多的形式，父母親對孩子的陪伴、寵物給的陪伴、擁抱給的力量、老朋友的守望。透過這些暖心療癒的繪本，孩子們會知道陪伴的力量，也會學習給予他人愛和關懷，用真摯的心學習締結一段誠摯的友誼。

Hug Machine
《我是抱抱機》
作者：Scott Campbell
繪者：Scott Campbell
出版社：Simon & Schuster

　　Hug Machine《我是抱抱機》中的抱抱機全年無休，無論你是長滿刺的刺蝟，還是巨大的鯨魚，抱抱機提供各式各樣的溫暖擁抱。然而當抱抱機沒力氣時，他也需要你一個大大的擁抱！

　　擁抱具有療癒的力量，能夠撫平傷痛與哀愁。擁抱更能治癒每一顆受傷的心，帶來一種堅定且溫暖的支持與鼓勵。或許我們不是每個人都習慣用擁抱去表達自己的愛，但《我是抱抱機》教我們——何不從擁抱自己的爸媽、好友和寵物開始練習，讓擁抱成為你我有溫度的溝通橋梁？

 英文 Fun 新知

　　在英文裡除了 hug 可以表達擁抱外，hold 也可以當成是抱抱，通常抱的對象是孩子或寵物；cuddle 是情侶般的擁抱，snuggle 則更有依偎在一起的親密感，而 embrace 除了有擁抱的意思外，還有表達欣然接受的意思。

📑 反思問題：

1. What can hugs do for people?
2. When was the last time you hugged someone or something? Why did you want to have a hug?

The Adventures of Beekle: The Unimaginary Friend
《皮可大冒險：想像不到的朋友》
作者：Dan Santat
繪者：Dan Santat
出版社：Andersen Press UK

　　The Adventures of Beekle: The Unimaginary Friend《皮可大冒險：想像不到的朋友》中的皮可出生在一座遙遠的小島，島上的居民都是想像朋友，等待著被真實世界的孩子認領。但是當皮可的朋友一個個被認領走，只剩他孤單的留在島上時，皮可決定不再持續等待，他坐上帆船航向陌生的大海，來到繁華的城市尋找屬於他的真實朋

友。有一天，當皮可駐足在大樹上，正暗自傷心找不到朋友時，一張友善又熟悉的臉孔來到他的面前，原來皮可尋尋覓覓的好友就是這位可愛的女孩愛麗絲 (Alice)。

皮可的冒險精神是否鼓舞了我們主動伸出友誼的雙手，鼓起勇氣找尋友善又熟悉的臉孔？或許那個夢想中的朋友就在身旁，等待著我們勇敢的跨出這一步呢。

 英文 Fun 新知

"Her face was friendly and familiar, and there was something about her that felt just right." 這是當皮可看到愛麗絲所說的話，簡單的文字將兩人相見第一眼的契合形容得恰到好處。

📝 反思問題：

1. If you were not content with your life, would you leave your comfort zone and reach out to something new and something different? Why?

2. What are your tips for making new friends? Please share them with us.

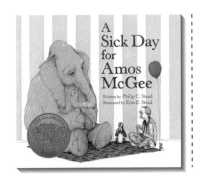

A Sick Day for Amos McGee

《麥基先生請假的那一天》

作者：Philip C. Stead

繪者：Erin E. Stead

出版社：Roaring Brook Press

　　A Sick Day for Amos McGee《麥基先生請假的那一天》中的麥基先生是一個生活規律的動物管理員，他把動物園的動物都當作朋友一樣對待，每天細心的照料。有一天，麥基先生生病了，沒想到在家休息的他反而迎來了許多突如其來的賓客，原來是麥基先生的動物好友們一一來到家中，展現他們最誠摯的關懷。

　　麥基先生與動物們之間的互動讓我們看到最簡單的愛與關懷，真摯的友情如同暖流般悄悄流入你我的心中。孩子們，別忘了將這樣的關懷多多給予周遭的家人和朋友們，讓世界處處充滿愛與暖意。

 英文 Fun 新知

　　在繪本《麥基先生請假的那一天》中，可以學到非常多關於感冒的英文，比如流鼻水 (have a runny nose)、擤鼻涕 (sniffle)、打噴嚏 (sneeze)、全身發冷 (chill)。另外，像發燒 (have a fever)、咳嗽 (have a cough)、拉肚子 (have diarrhea) 也是常見的感冒症狀。

1. Why do the zoo animals come over to keep Amos company?
2. Do Amos and his animal friends have some characteristics in common? If so, what are they?

Finding Winnie: The True Story of the World's Most Famous Bear

《遇見維尼：全世界最有名小熊的真實故事》

作者：Lindsay Mattick
繪者：Sophie Blackall
出版社：Little, Brown and Company

Finding Winnie: The True Story of the World's Most Famous Bear《遇見維尼：全世界最有名小熊的真實故事》的故事發生在 1914 年那個動盪的年代，獸醫哈利 (Harry) 正準備前往前線參戰。在火車站的月臺上，哈利遇見了一隻可愛的小熊。他以自己的家鄉維尼伯 (Winnipeg) 來替小熊命名，如此一來，大家只要呼喚「維尼伯」就能稍稍一解思鄉之愁。久而久之，大家都用維尼 (Winnie) 來稱呼這隻小熊，小熊維尼也成為了加拿大步兵第二旅的吉祥物。

當部隊準備前往前線時，不捨帶維尼上戰場的哈利，只好將牠寄養在倫敦動物園，個性溫和的維尼從此在動物園內受到小朋友的歡迎。其中一位小朋友叫做克里斯多福‧羅賓 (Christopher Robin)，也就是我們日後熟悉的故事《小熊維尼》裡的小男孩，而克里斯多福的爸爸就是《小熊維尼》的作者艾倫‧米恩 (Alan Alexander Milne)。

《遇見維尼：全世界最有名小熊的真實故事》訴說的不只是人類與動物間最真誠的友誼，維尼也見證了在那個動盪時代下，戰爭所帶來的離別與鄉愁，小熊維尼的真實故事更至此成為家族中獨有的記憶傳承。透過這本繪本，我們才知道在小熊維尼這可愛卡通人物的背後原來有這麼動人的故事。

 英文 Fun 新知

書中最動人的一句話就是當哈利與維尼道別時所說：「就算我們分開，我也會永遠愛你。你永遠是我的小熊。」(Even if we're apart, I'll always love you. You'll always be my Bear.) 而哈利與維尼的真摯情感將在每個喜歡小熊維尼的你我心裡流傳下去。從書中我們可以學到 name...after... 這個常用的片語，中文是「以……為……命名」之意。對書中的孩子來說，被取名為曾曾祖父之名更隱含了一種家族的傳承與期許。

📖 反思問題：

1. If you were Harry, would you leave Winnie in London Zoo? What else could you do with Winnie?

2. Do you have a stuffed puppet? Share its story with us.

One Cool Friend

作者：Toni Buzzeo
繪者：David Small
出版社：Dial Books for Young
　　　　Readers

　　One Cool Friend 的故事發生在一次家庭日的水族館之旅，艾利特 (Elliot) 問了爸爸可不可以帶一隻企鵝回家？爸爸不加思索的答應了他，還掏出 20 美元給了艾利特。沒想到艾利特帶回家的是一隻活生生的企鵝，他決定偷偷的把企鵝養在家中。正當一切計畫看起來如此完美無缺，有一天，爸爸闖入浴室想要享受泡澡的樂趣，這才發現浴缸裡有隻來自阿根廷的企鵝。不過逗趣的爸爸也非等閒之輩，他竟也養了隻來自加拉巴哥群島的象龜！

　　你身邊有很酷的寵物朋友嗎？還是你想要有個很酷的寵物朋友呢？人類與動物的友誼有時就像艾利特與企鵝般，如此純粹而美好。

英文 Fun 新知

　　英文中有句諺語叫做 "Like father, like son."，類似中文中的「有其父必有其子」，用來形容這個故事再恰當不過了！

📖 反思問題：

1. Why do you think Elliot picks a penguin and takes it home?

2. If possible, what kind of cool friend would you like to have, and why?

The Bear and the Piano
《森林裡的鋼琴師》
作者：David Litchfield
繪者：David Litchfield
出版社：Frances Lincoln Children's Books

　　The Bear and the Piano《森林裡的鋼琴師》中的小熊在森林中發現了一樣前所未見的東西，小熊羞怯地碰觸這個奇怪的物品，而這怪東西竟然能發出特別的聲響！隨著日子一天天過去，逐漸長大的小熊開始能從它身上彈奏出優美的旋律，森林中的每隻棕熊都陶醉在他的悠揚樂聲中。有一天，一對闖進森林的父女告訴大熊這奇怪的東西叫做鋼琴，並帶著大熊來到人類的花花世界。大熊很快地成為了明星演奏家，得獎無數且受眾人景仰，但在大熊內心深處，他仍然想念那片住著朋友和家人的森林。因此，大熊決定義無反顧的返回家鄉，並發現那些老朋友們依舊在森林裡等待著他。

　　莫忘初衷是永世不變的價值，大熊在功成名就後無法抵抗自己內心的呼喚，回到森林找尋那個最初愛好彈琴的自己。森林中的老朋友們也用一張張大熊的海報守護著自己家鄉的驕傲，那份真誠的情誼與守望讓這故事更引人動容。

 英文 Fun 新知

　　大熊表演的戲院位在紐約最熱鬧的百老匯大道 (Broadway) 上。百老匯大道是美國戲劇與音樂劇的重要發源地，因此百老匯也成為音樂劇與歌劇的代名詞。

📝 反思問題：

1. If you were the bear, would you go for fame or friendship?

2. Have you ever done something that you think your friends might never forgive? What can you do to maintain friendships?

108 課綱 19 重大議題：人權、品德、生命、多元文化、閱讀素養、國際

在成長的過程中，孩子勢必會遇見和他們長相不一樣、個性不一樣、性向不一樣的人。讓我們透過接納與包容的主題繪本，讓孩子學習接納與包容的智慧，培養善良的心，而後才能同理他人。

We're All Wonders

《我們都是奇蹟男孩》

作者：R. J. Palacio

繪者：R. J. Palacio

出版社：Alfred A. Knopf

We're All Wonders 《我們都是奇蹟男孩》 中的奇蹟男孩奧吉 (Auggie) 和你我一樣平凡，但只有一隻眼睛的臉孔卻注定讓他的生活不太平凡。每當奧吉被其他同學指指點點時，他會替小狗黛西 (Daisy) 和自己戴上安全帽，搭乘火箭飛向遙遠的冥王星。從那兒看地球，地球會變得渺小，他也能暫時逃離世人的目光。然而奧吉知道，地球是個大到能接納各式各樣不同人的星球，只要帶著仁慈的眼睛，每個人的身上都閃爍著獨一無二的光芒。

也許奧吉沒辦法改變自己的長相，但人們或許可以改變觀看世界的方法。張開「心」的眼睛，人們眼中的奧吉就是個奇蹟，大家

也都蘊藏著奇蹟，我們都會是奇蹟男孩！

　　相信在你我身旁也存在奧吉這樣的孩子，可能生來殘缺，但內心卻擁有善良光輝，我們又該如何去面對這樣特殊的同學呢？

英文 Fun 新知

　　繪本的最後寫著一句發人深省的標語：「懷有善良之心，改變看人的眼光，你就會發現奇蹟！」(Look with kindness and you will always find wonder.) 除了 wonder 之外，另一個常用來形容奇蹟之事的英文是 miracle，通常被使用在讚揚神蹟及神性的時刻。

📝 反思問題：

1. Why does Auggie think he is not an ordinary kid? In what ways is Auggie like and unlike other kids?
2. How can people change the way they see according to Auggie? What can they see then?

Strictly No Elephants
《不歡迎大象》
作者：Lisa Mantchev
繪者：Taeeun Yoo
出版社：Simon & Schuster

　　Strictly No Elephants《不歡迎大象》中的小男孩帶著他的大象寵物來到 17 號門牌的寵物俱樂部門前，沒想到卻吃了閉門羹。寵物俱樂部的門口清楚的貼著「不歡迎大象」的告示，小男孩的心情頓時跌入谷底。在灰暗的城市中，小男孩遇到同樣被寵物俱樂部拒絕的小女孩，小女孩的寵物是隻一點都不臭的臭鼬。於是，他們決定創立一個自己的寵物俱樂部，長頸鹿、犰狳、刺蝟、企鵝、蝙蝠、和小獨角鯨都來了，小男孩親手寫下「歡迎所有人」的告示牌。這一次，他們選擇敞開大門，同時也打開自己的心門。

《不歡迎大象》的故事藉由寵物聚會讓孩子們知道世界上存在著差異與排擠，小男孩沒有因為被寵物俱樂部拒絕而拋棄大象，大象也突破對人行道縫隙的恐懼，勇敢的帶著小男孩離開這個被拒絕的地方。就如同繪本中所說的：「這就是朋友該做的，朋友能夠為你勇敢。」(That's what friends do: brave the scary things for you.) 這對被拒絕的哥倆好用「歡迎所有人」的告示牌告訴大家，接納與包容才能讓這世界更美好。

 英文 Fun 新知

　　書中不斷重複的 "Because that's what friends do."，再加上小男孩在書中時不時回頭查看小象是否落單，絕不會拋下小象的種種舉動，讓人不禁心頭一暖，有這樣的朋友還真令人窩心呢！英文片語的 leave...behind 有「拋下、甩開」的意思。下一次，不妨試著跟身旁的親人或朋友說 "I'll never leave you behind."，溫暖他們的心吧！

📝 反思問題：

- -

1. Why do the children in the Pet Club place the sign "Strictly No Elephants" on the door?

2. What are the four things that friends do in the picture book? What else are you willing to do for your friends?

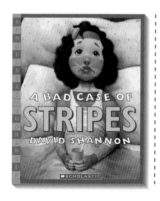

A Bad Case of Stripes
《條紋事件糟糕啦！》
作者：David Shannon
繪者：David Shannon
出版社：Scholastic

　　A Bad Case of Stripes《條紋事件糟糕啦！》中的卡蜜拉 (Camilla)
過度在意同儕的眼光，為了獲得所有人的認同與喜愛，假裝討厭自
己最愛的青豆。開學的第一天她勤換四十二套衣服，只為找出一套
可以驚艷四座的外出服。沒想到怪事發生了，大眼睛嘟著嘴的卡蜜
拉身上竟長出七彩條紋，上學時被同學不斷嘲笑與羞辱。關在家裡
的卡蜜拉每況愈下，直到帶著青豆的老奶奶來家裡探望她……。

　　小孩子的直言不諱句句刺傷卡蜜拉的心，不得不躲起來的她因
為老奶奶的到來而轉念，直到最後一刻才肯坦白，從此海闊天空。
當初因為不肯接納自己，過度擔心同儕看法而吃盡條紋症的苦頭，
或許接納真實的自己才是卡蜜拉在學校中學到的第一課。

英文 Fun 新知

　　故事中角色的命名也是個大學問。家庭醫生巴伯 (Bumble) 對卡
蜜拉的病情束手無策，bumble 這個單字其實就有笨手笨腳的意思，
更顯得巴伯醫生的無能。英文中表達傷害的常見詞彙是 harm，而書
中的哈姆斯 (Harms) 校長沒有制止其他同學對卡蜜拉的嘲弄，卻勒

令卡蜜拉休學回家，是不是也因此對卡蜜拉造成了傷害呢？校園中應該具備的接納與包容，哈姆斯校長顯然沒有做一個好榜樣。

📑 反思問題：

1. What is the biggest change Camilla makes after her recovery?
2. Why can a few lima beans cure Camilla's bad case of stripes?

Grandad's Secret Giant
《爺爺的神祕巨人》
作者：David Litchfield
繪者：David Litchfield
出版社：Frances Lincoln Children's
　　　　Books

　　Grandad's Secret Giant《爺爺的神祕巨人》真的存在嗎？為了小鎮做了許多好事的神祕巨人到底藏在哪兒？他的手真的像桌子一樣寬嗎？他的腿真的有排水管一樣長嗎？他的腳真的如小船一樣大嗎？總認為爺爺在瞎掰的比利 (Billy)，始終不相信神祕巨人會現身，幫忙完成小鎮的聖誕壁畫。比利是害怕親眼見到神祕巨人，還是打從心裡覺得爺爺在胡扯？世上怎麼可能會有躲藏的巨人？直到小狗毛毛 (Murphy) 那晚的狂吠改變一切……。

好喜歡從窗戶中透出的黃光、自天上灑落森林的月光、柔和的曙光與平靜的星光，每一頁插畫都給人暖暖的悸動，忍不住一頁接著一頁往下翻。比利在看到巨人拔腿就跑的反應傷害了巨人的情感，他才發現，原來巨人跟大家沒什麼不同。爺爺從未強迫鐵齒的比利相信神秘巨人的存在，只是緩緩回憶巨人的善良，並放手讓比利體會巨人躲藏的真正原因。

英文 Fun 新知

"People are scared of things that are different." 說的就是這種無知造成的恐懼。與眾不同本身無罪，沒必要的想像與解讀卻替人心築起了一道道高牆。其實大家都一樣，只是個在傷心時需要朋友安慰的普通人啊。這時，就讓我們主動 break the ice，打破人際間的那道冰牆，向他人伸出友誼之手吧！

> ## 反思問題：
>
> 1. Why does Grandad's secret giant help people all the time?
> 2. What does "friend" mean to you?

┃向楷模致敬┃

108 課綱 19 重大議題：性別平等、人權、品德、生命、法治、生涯規劃、多元文化、閱讀素養、國際

在成長的過程中，孩子的心目中是否有一個學習的楷模呢？他可能是棒球場上的王建民、科學家史蒂芬・霍金或是人權鬥士曼德拉總統。繪本用簡單的文字與優美的插畫將他們奮鬥的過程呈現出來，這些來自各領域的楷模都是孩子最棒的學習對象。

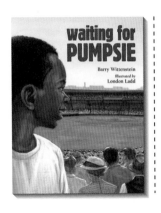

Waiting for Pumpsie

作者：Barry Wittenstein
繪者：London Ladd
出版社：Charlesbridge Publishing

Waiting for Pumpsie 的故事發生在 1959 年那個民風保守且以白人為主的波士頓芬威球場。波士頓紅襪隊是大聯盟中最後一個啟用非裔球員的球隊，當他們從小聯盟徵召潘普西・格林 (Pumpsie Green) 時，他頓時成為每一個波士頓黑人小朋友的希望。

其實在美國隔離政策期間，歧視與偏見無處不在，不僅不允許有色人種和白人共用公共空間，更遑論黑人球員參與職棒大聯盟。這些專業的黑人球員們只能在黑人聯盟 (Negro Leagues) 打球。而第

一位打破這界線並登上大聯盟的黑人球員就是傑基‧羅賓森 (Jackie Robinson)。儘管忍受種種不友善及屈辱，羅賓森還是以他堅強的實力，贏得所有人的認可。如今羅賓森的 42 號球衣已在大聯盟球隊全面退役，所有球隊的選手將不得再使用這個背號。而每年的 4 月 15 日也是大聯盟的傑基‧羅賓森日，在那一天，所有球員都會穿上 42 號球衣紀念他在球壇的卓越貢獻。

英文 Fun 新知

Waiting for Pumpsie 中有用到 negro（黑鬼）這個字來形容黑人選手，這其實是非常不恰當的，用 African-American（非裔美國人）來稱呼會比較適合，black（黑人）也可以，但通常是黑人自稱會比較恰當。

反思問題：

1. What is the "Green Monster"? Why is it called the "Green Monster"?
2. Why did Bernard and his parents wish to see Pumpsie Green play at Fenway Park?

Martin's Big Words: The Life of Dr. Martin Luther King, Jr.

作者：Doreen Rappaport
繪者：Bryan Collier
出版社：Hyperion Press

Martin's Big Words: The Life of Dr. Martin Luther King, Jr. 是馬丁‧路德‧金恩 (Martin Luther King, Jr.) 的傳記繪本，藉由金恩博士說過的名言，闡述他一生追求人權及自由平等的過程。在那個白人專用 (White Only) 標示無所不在的年代，金恩博士透過演講、遊行和一次次的人權運動來爭取黑人的基本權利。

歧視不會因為一句口號、一場演講或一次的運動就消失。不管是蒙哥馬利公車運動還是向華盛頓進軍行動，金恩博士一次又一次帶領著群眾向白宮發出由衷的吶喊，權利絕對是爭取而來的。電影《築夢大道》(*Selma*) 就透過金恩博士所帶領的薩爾瑪遊行，讓觀眾瞭解當時民權的狀況，並認識真實的金恩博士。雖然金恩博士最後死於暗殺，但子彈奪不走金恩博士的勝利，就像書末最後一句話所說 "His big words are alive for us today."。

英文 Fun 新知

讓我們藉由以下金恩博士的名言，來認識金恩博士為何偉大吧！

◆ Hate cannot drive out hate. Only love can do that.

仇恨無法驅散仇恨，唯有愛才可以。

◆ Love is the key to the problems of the world.

愛是解決世上一切問題的關鍵。

◆ I have a dream that one day in Alabama little black boys and black girls will join hands with little white boys and white girls as sisters and brothers.

我有一個夢想，我夢想有一天在阿拉巴馬州，黑人小孩能跟白人小孩親如手足、攜手並進。

📝 反思問題：

1. Which of Martin's sayings is the most impressive to you, and why?

2. What happened to Rosa Parks on her way home? What happened in the wake of this event?

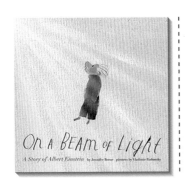

On a Beam of Light: A Story of Albert Einstein

《乘光飛翔：愛因斯坦的故事》
作者：Jennifer Berne
繪者：Vladimir Radunsky
出版社：Chronicle Books

On a Beam of Light: A Story of Albert Einstein《乘光飛翔：愛因斯坦的故事》是科學家愛因斯坦 (Einstein) 的故事。一個小男孩收到父親送的指北針，著迷於磁針永遠指向北的隱形力量，從此對物理現象產生濃厚的興趣。當他騎著腳踏車望向烈焰的太陽，腦海中浮現的是乘著光束穿梭宇宙的畫面。長大後他思考著大如宇宙的大事，卻也思考著小如原子的小事，這位男孩就是我們最偉大的科學家阿爾伯特．愛因斯坦。

誰能想到這個到三歲之前都還不會講話的小男孩，因為對世界充滿無限好奇，而成為世界最偉大的科學家？愛因斯坦的光量子理論、$E=mc^2$ 質能方程、布朗運動、相對論……等理論為太空探索、光和原子能的應用提供了重要的進展。

 英文 Fun 新知

"The important thing is not to stop questioning. Curiosity has its own reason for existing." 重要的是不要停止問問題，好奇心的存在自有它的道理。永遠不要低估求知的那股慾望，面對知識我們要有顆

永不言敗的心。英文常用 mystery 來稱呼世界上的未解奧秘，就讓我們透過這本繪本的啟發，陪孩子一起去發現世界上更多待解謎題吧！

📝 反思問題：

1. Are you a person who likes asking questions? Why, or why not?
2. How did "thinking, wondering, and imagining" impact Albert?

Emmanuel's Dream: The True Story of Emmanuel Ofosu Yeboah

作者：Laurie Ann Thompson

繪者：Sean Qualls

出版社：Radom House Children's Books

Emmanuel's Dream: The True Story of Emmanuel Ofosu Yeboah 中的小嬰兒彷彿遭受來自上天的詛咒，出生時就只有一隻腳的他被爸爸拋棄，幸好他的媽媽一直陪伴在旁，並將這個孩子命名為艾曼紐 (Emmanuel)，含義為「上帝與我們同在」。艾曼紐自立自強地長大，他用盡一生的力量向世人證明，即使只有一隻腳，也足以改變這個世界。

殘而不廢是艾曼紐用自身的故事教會世人的道理，他的骨氣與尊嚴也令人動容。他用單腳騎腳踏車環迦納一圈，所到之處，加油聲此起彼落。那個曾經被視為上天詛咒的孩子，如今已成為國家的英雄。

 英文 Fun 新知

　　"Being disabled does not mean being unable." 身體上的障礙並不代表就此失去生存能力，只要還有一口氣，我們都具有顛覆世界的力量。現在多以 disabled people 或 people with disabilities 稱呼身障人士，過去的 handicapped 是比較不適當的用法。

反思問題：

1. Why did Emmanuel's mother insist on carrying him to school?

2. How did Emmanuel prove to world that he was "disabled" rather than "unable"?

Helen's Big World *The Life of Helen Keller*

Helen's Big World: The Life of Helen Keller

《海倫・凱勒的心視界：海倫精采的一
　　生》
作者：Doreen Rappaport
繪者：Matt Tavares
出版社：Disney Press

　　Helen's Big World: The Life of Helen Keller《海倫・凱勒的心視界：
海倫精采的一生》描述海倫・凱勒 (Helen Keller) 永不放棄的一生。
病魔侵蝕兒時的海倫，封閉了她的雙眼和耳朵。儘管如此，在安妮・
蘇利文 (Annie Sullivan) 老師耐心的教導與陪伴下，海倫・凱勒並沒
有向命運低頭。她用超凡的成長故事告訴大家，即使身處黑暗還是
可以為世人帶來光明。

　　「水」是海倫・凱勒學會的第一個單字，這個生動的字眼喚醒
了她的靈魂，帶來光明、希望和喜悅。之後，她以驚人的意志學會
說話和閱讀，並完成哈佛大學的學業，成為有史以來第一個獲得文
學學位的聾啞人士。或許真如她所言，世界上最好和最美的東西是
看不到也摸不到的，它們只能被心靈感受到。

 英文 Fun 新知

　　海倫・凱勒在她的書中曾提過一段至理名言 "When one door
of happiness closes, another opens; but often we look so long at the
closed door that we do not see the one which has been opened for us."。

當一扇幸福的門關起時，另一扇便會開啟，但我們卻經常注視著這扇關閉的門太久，而沒注意到那扇已經為我們開啟的幸福之門。願我們都能擁有這樣的智慧與灑脫去找尋那扇真正為自己開啟的幸福之門。

📖 反思問題：

1. How did Annie teach Helen to spell words?
2. What is your favorite quote from Helen, and why?

So, You Want to Be President?

《你想當總統嗎？》

作者：Judith St. George
繪者：David Small
出版社：Penguin Group USA

So, You Want to Be President?《你想當總統嗎？》這本繪本從不同角度來介紹美國過往的四十四任總統，從美國第一任的總統喬治·華盛頓 (George Washington) 到兩百年後的第一任非裔總統巴拉克·歐巴馬 (Barack Obama)，他們的趣聞軼事都被這本幽默風趣的繪本給記錄下來。

當總統不分高矮胖瘦，胖得需要特製巨型浴缸的威廉‧塔夫特 (William Howard Taft) 可以當總統，嬌小的詹姆士‧麥迪遜 (James Madison) 也可以當總統。當總統也不須看長相，相貌平凡的亞伯拉罕‧林肯 (Abraham Lincoln) 是公認的好總統，英俊瀟灑的沃倫‧哈定 (Warren Harding) 卻醜聞頻頻，令政府顏面盡失。不論你曾經是將軍、律師、農夫、水手、工程師、裁縫師，甚至是演員，你都可以來當總統。但千萬記得，當總統不但是件重大的工作，也是件會令人頭大的工作呢！

 英文 Fun 新知

曾有人批評林肯總統是個雙面人 (two-faced)，長相平庸的林肯幽默回應 "If I am two-faced, would I wear the face that I have now?" 如果我有兩張臉的話，我何必用這張平庸的臉來見人呢？個性害羞的總統卡爾文‧柯立芝 (Calvin Coolidge) 一次在晚宴上被挑戰，一位貴賓宣稱可以讓總統說出超過兩個字的句子，柯立芝用兩個字就結束了這個挑戰，"You lose."。十足逗人發笑的繪本故事讓你對美國歷任總統不再陌生，權力寶座的背後也可以有詼諧與歡笑。

📝 反思問題：

1. Do you think being president is a good job? Why or why not?

2. Who is your ideal president in the book? Say something about him.

｜會心一笑｜

108 課綱 19 重大議題：海洋、品德、生命、多元文化、閱讀素養

在帶領孩子閱讀繪本時，別忘了引導孩子仔細找尋圖畫中的蛛絲馬跡，因為我們總能在圖畫中找到無數的線索，讓文字更顯魔力。而許多繪本的結局往往別出心裁，值得和孩子細細品味，閱讀這類幽默繪本能讓孩子在會心一笑或放聲大笑之後，得到想像力的刺激與思考力的激發。

This Is Not My Hat
《這不是我的帽子》
作者：Jon Klassen
繪者：Jon Klassen
出版社：Walker Books

This Is Not My Hat《這不是我的帽子》中的小魚趁大魚呼呼大睡時偷走牠的帽子，當小魚正沾沾自喜、以為神不知鬼不覺時，沒想到早已被冷眼旁觀的螃蟹撞見一切。想隱蔽行蹤的小魚打算往水草濃密處游去，螃蟹也跟小魚保證絕不會洩漏牠的行蹤。最後，大魚會知道自己的帽子失竊嗎？而小魚真能稱心如意地躲掉大魚的追捕嗎？

繪本以小魚為第一人稱視角來描述這個發生在海底深處的故事，帶領讀者化身為小魚的角色，參與這場驚心動魄的偷帽及奪帽戲碼。在逃離犯罪現場的過程中，小魚不斷找藉口來強化自己偷帽的理由，像極了初次犯罪的壞人。即便如此，小魚的內心仍舊害怕被大魚追上，不斷說服自己可以逃過一劫。透過文字敘述，我們可以窺視小魚內心的變化，而在畫面中，我們知道小魚似乎又難逃大魚的追捕。小魚到底成功脫逃了嗎？最後一頁的插圖令人產生好多的聯想。

英文 Fun 新知

「勿以惡小而為之」是給小魚的忠告。再如何天衣無縫的邪惡計畫終將告吹，心存僥倖只能暫時逃避內心的譴責。如果你是那隻路過的螃蟹，"To tell or not to tell, that is the question..."。而書中這種內斂含蓄、不作太多表情的詼諧感可是號稱冷面幽默 (deadpan/dry humor) 的代表作！

反思問題：

1. Who is telling the story? Do the words describe the pictures?
2. Where do you think the little fish goes on the final page?

Sam and Dave Dig a Hole

《一直一直往下挖》

作者：Mac Barnett

繪者：Jon Klassen

出版社：Walker Books

Sam and Dave Dig a Hole 《一直一直往下挖》中的山姆 (Sam) 和大衛 (Dave) 帶著小狗去挖寶，信誓旦旦地說不挖到令人驚奇的東西絕不善罷干休。他們一直一直往下挖，每當快要挖到鑽石之際，卻突然改變挖掘方向，加上不斷忽略小狗給他們的提示，只能與越來越大顆的鑽石擦身而過。當他們挖得灰頭土臉、筋疲力盡，決定小眠片刻之際，地洞突然塌陷。他們不停的往深淵掉落……。

看似與巨大鑽石失之交臂，但山姆和大衛在旅程的最後卻異口同聲地說 "That was pretty spectacular."。大人的世界總與孩子的世界迥異，一趟神奇的冒險或許才是孩子們心中的 something spectacular（驚奇）。別再用大人的角度一直一直往下挖了，暫時拋開理性分析與邏輯思考，放任自己像個孩子一樣去冒險，好好享受閱讀的當下，忘記鑽石這回事吧！

 英文 Fun 新知

繪本有趣的地方就在於圖文合奏，也就是圖與文的相互呼應。如果讀者只藉由文字想像山姆和大衛的尋寶之旅，一下往下挖 (dig

straight down)、一下換方向挖 (dig in another direction)、一下又分開挖 (let's spilt up)，很難體會這本繪本的奧妙。搭配充滿故事性的圖畫閱讀，重新體會兒時挖寶的樂趣吧！

📝 反思問題：

1. Do Sam and Dave realize what kind of treasure they are looking for? What encourages them to keep digging?
2. Do Sam and Dave return to their home in the end of the story? If yes, why? If not, why not?

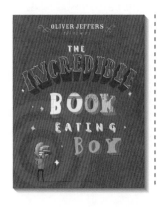

The Incredible Book Eating Boy
《不可思議的吃書男孩》
作者：Oliver Jeffers
繪者：Oliver Jeffers
出版社：Penguin Group USA

The Incredible Book Eating Boy《不可思議的吃書男孩》中的亨利 (Henry)，是一個喜歡書卻喜歡到把它們全都吃下肚的小男孩。亨利吃的書越多，他就變得越來越聰明，甚至幻想有朝一日變成地球上最聰明的人！直到有一天，他開始做惡夢、不舒服、胡言亂語，只好乖乖跟著爸爸去看醫生，結果醫生告訴亨利他不能再繼續吃書了。

而無法吃書的亨利該如何完成他想變成地球上最聰明的人的夢想呢？

《不可思議的吃書男孩》替充滿升學壓力的孩子找到了一個喘息的機會，幻想著自己可以把永遠念不完的書全吃進肚子裡該有多好啊？跟著亨利一樣越變越聰明、越來越厲害，遙不可及的夢也能近在咫尺！只可惜想像的世界一樣有不完美的時候，狼吞虎嚥、暴飲暴食只會讓你生病，一步一腳印的慢慢耕耘才是王道。

 **英文 Fun 新知**

著急只會讓很多事情欲速則不達 (More haste, less speed.)，不妨告訴自己 "It would just take a bit longer."。翻翻這本《不可思議的吃書男孩》會讓你有意想不到的充電感覺！

反思問題：

1. If you were Henry, what book would you like to eat?
2. Why is one piece of the picture book missing?

The Cave
《山洞裡的小不點》
作者：Rob Hodgson
繪者：Rob Hodgson
出版社：Frances Lincoln Children's Books

The Cave《山洞裡的小不點》顛覆普羅大眾對於大野狼的刻板印象。故事裡的大野狼友善的提出交友邀請，還準備了堆雪人、爬樹、玩球、摘花、餵鳥等種種遊戲，卻都無法引起山洞裡神祕生物的興致。直到大野狼拿出了甜甜圈，才終於一睹這位山洞裡小不點的盧山真面目。讓我們跟著漆黑的山洞裡那雙亮晶晶的大眼睛，一步一步卸下心防，走向洞外的光明世界。最後的劇情發展峰迴路轉，令人莞爾一笑！

總說 "Never judge a book by its cover."，翻開書本前或許有些讀者已經幫大野狼貼上壞蛋的標籤，將山洞裡的小不點設想成弱勢團體的最佳代表，抑或是持續質疑大野狼的善意，擔心小不點的安危，直到故事最後才發現自己白擔憂一場。「到底誰才是老大？誰又是小弟？」的疑問，讓人忍不住翻回第一頁，從頭仔細欣賞大膽用色的插圖、逗趣的畫面（例如很搶戲的粉紅色毛毛蟲），每一次的閱讀又多看見了一些之前忽略的小細節。書中的插圖不僅吸睛，也很耐人尋味！

英文 Fun 新知

　　作者在最後一頁將此書獻給世界上所有的小不點們 (For little creatures everywhere)，鼓勵他們走出自己的黑暗角落，或許他們並非如自己想像般的弱小。書中描述大野狼每天不論晴雨，都堅持不懈地來找小不點時，這裡使用的副詞是 day after day 而非 every day，是因為 day after day 更有令人不耐及枯燥無趣的意味。也因此烘托出大野狼對於小不點窩在山洞的行為充滿無奈，作者 Rob Hodgson 的用詞真是絕妙又到位！

反思問題：

1. Why do you think the wolf keeps asking the little creature to leave the cave?

2. What do you think this little creature is before it comes out of the cave?

　　橋梁書就像座橋梁一樣，伴隨孩子從圖像閱讀跨入文字閱讀的階段。英文橋梁書的故事內容貼近孩子的生活經驗，且文字量不多，用字較初階，輔以簡單的插圖穿插，非常適合正值英語初學者的小學生與國中生。有些難度較高的橋梁書甚至會將故事分成不同的章節，不只豐富了故事的內容，同時也擴充孩子的閱讀份量。

　　依照臺灣目前的教科書編排，國中的英文課本著重單字和句型的學習。如果這階段的學習能適時搭配橋梁書做廣泛的閱讀，讓學生能從真實語境的閱讀中認識單字、熟悉文法的使用時機，並藉由不會太複雜的故事劇情和細節上的描述，漸進式的培養孩子的閱讀能力，將會是一個不但有趣，而且有效的英文學習方法。在閱讀時，最好別讓學生養成依賴字典的閱讀習慣，遇到不會的單字可用螢光筆註記，鼓勵學生試著透過前後文猜測文意。鉅細靡遺的閱讀對日後的小說閱讀可不是件好事。

　　建議老師們在 108 課綱中的彈性學習課程，或是第八節輔導課導入橋梁書的閱讀。可以參考本書閱讀實戰篇的閱讀素養活動範例，帶著孩子探索文本中有趣的角色和橋段。本書精選的橋梁書從奇幻冒險、校園生活到偵探解謎，主題多元又有趣，將能點燃孩子英文學習的動機，成為最適合國中生的英文廣泛閱讀素材。

| 奇幻冒險 |

108 課綱 19 重大議題：人權、環境、海洋、品德、生命、防災、多元文化、閱讀素養、國際

Magic Tree House Series

《神奇樹屋》系列

作者：Mary Pope Osborne

繪者：Sal Murdocca

出版社：Random House Children's Books

　　Magic Tree House《神奇樹屋》描述一對小兄妹傑克 (Jack) 和安妮 (Annie) 的冒險故事，哥哥傑克個性細心謹慎，會將發現的新事物記錄在筆記本上，妹妹安妮則是個喜歡冒險與幻想的行動派。這對兄妹有天在森林裡意外發現了一間堆滿書籍的神奇樹屋，他們只要指著書中的圖片，神奇樹屋就能帶領他們穿越時空，並完成神奇樹屋的主人摩根 (Morgan) 交給他們的任務。他們的足跡遍布史前時代的恐龍谷、中古世紀的英國城堡、古埃及的金字塔、亞馬遜的森林……。

　　作者瑪麗・波・奧斯本 (Mary Pope Osborne) 自幼和軍人爸爸雲遊四海、周遊列國的成長經歷，讓《神奇樹屋》處處充滿無限想

像。隨著瑪麗筆下的故事帶領孩子穿越時空、跨越地理界線，讓閱讀的每一刻都充滿驚奇。

📝 反思問題：

1. In the *Magic Tree House* series, who do you want to meet the most, the dinosaurs, the mummies, or the ninjas? Why?
2. What is your favorite adventure in the *Magic Tree House* series? How would you like to rewrite the end of your favorite story?

Dragon Masters Series
作者：Tracey West
繪者：Graham Howells
出版社：Scholastic

　　恐龍、魔法石、巫師、魔法，孩子最愛的四大故事元素都集結在 *Dragon Masters* 這套橋梁書中。某日，佃農之子德雷克 (Drake) 正在田裡農耕時，國王的禁衛軍把他帶進城堡中。原來，德雷克是被羅蘭 (Roland) 國王選中的馴龍者，他必須和另外三位馴龍者安娜

(Ana)、羅里 (Rori) 和阿波 (Bo) 一起向巫師格里菲斯 (Griffith) 學習魔法,並保衛這個王國。

　　Dragon Masters 這套橋梁書很貼心的幫老師和家長在每本書後面設計了問題與活動的學習單,師長們可藉由作者設計的問題引導孩子找尋書中的線索,培養孩子歸納故事情節的能力。相信這個貼心的教學設計能成功擄獲不少老師和家長的芳心,讓閱讀教學更容易上手。

📖 反思問題:

1. Do you want to have your own dragon? Could you imagine what your dragon would be like? What name would you give the dragon?

2. Each Dragon Master must connect with his or her dragon to find out its special power. If you were a Dragon Master, how would you connect with your dragon and build your friendship?

| 校園生活 |

108 課綱 19 重大議題：品德、生命、安全、多元文化、閱讀素養、國際

Junie B. Jones Series

作者：Barbara Park

繪者：Denise Brunkus

出版社：Random House US

　　朱尼・瓊斯 (Junie B. Jones) 是個剛要上幼稚園的小女孩，她的中間名 B 是碧雅翠絲 (Beatrice) 的縮寫，但她可不喜歡碧雅翠絲這個名字，她只是單純喜歡 B 這個字母，所以總是自稱自己「Junie B. Jones」。

　　故事以朱尼・瓊斯第一人稱的視角，描述校園內發生的種種趣事。她的童言無忌和天真爽朗的個性常給學校和自己惹上麻煩，好比連上個廁所都要勞師動眾，引來警察、消防隊員和校護的關注。而她一點都不喜歡臭氣熏天的校車，校車在她心中就是個會抓小孩的黃色怪物！在學校，朱尼・瓊斯宣稱媽媽生了一隻猴子來當她弟弟，還因此經營起參觀家中猴子弟弟的獨門生意。朱尼・瓊斯的校園創舉都被收錄在這套橋梁書中，讓我們趕快來看看朱尼・瓊斯這鬼靈精還能在學校闖出什麼大禍吧！

1. Have you ever done anything embarrassing at school? Give one example.
2. Some words are misspelled in the stories. Are these spelling mistakes made on purpose? Or, are they made for some reason?

My Weird School Series
《我的瘋狂學校》系列
作者：Dan Gutman
繪者：Jim Paillot
出版社：HarperCollins Children's Books

　　我的瘋狂學校可不是你想像中的學校！這所學校裡可是有許多「異於常人」的老師們。粉墨登場的是不會算數也不會拼音的戴西老師 (Miss Daisy)，接下來還有答應學生將學校改成電動遊樂場的克盧茲校長 (Mr. Klutz)、幻想自己是美國國父華盛頓和經典童謠裡牧羊女小瑪菲的圖書館館長魯彼老師 (Mrs. Roopy)，還有穿著隔熱手套編織洋裝又喜歡收集垃圾的美術老師漢娜老師 (Ms. Hannah)。

　　這群與眾不同的瘋狂教師，再加上討厭上學的小男孩小傑 (A. J.)，在學校會發生什麼爆笑的事件呢？作風獨特的老師們又會有什麼顛覆傳統的行為？趕緊到 Ella Mentry 這所瘋狂小學和小傑當同學，體驗不同的校園生活吧！

1. Have you ever given any of your teachers a nickname? Share your funny story.
2. Is your school as weird as A. J.'s? Is it also full of crazy teachers like A. J.'s? Compare A. J.'s teachers with your teachers. Can you see any similarities between them?

108 課綱 19 重大議題：品德、生命、生涯規劃、多元文化、閱讀素養

Fly Guy Series

作者：Tedd Arnold
繪者：Tedd Arnold
出版社：Scholastic

　　Fly Guy 是我非常推薦的初階英文橋梁書。此系列是從小男生巴茲 (Buzz) 帶了一隻蒼蠅參加神奇寵物大賽開始，所展開的一連串搞笑故事。人人喊打的噁心蒼蠅卻是小男孩巴茲的好友，他們的相處既天真又有趣。巴茲與蒼蠅的相互照顧與陪伴是這系列橋梁書的溫馨亮點，蒼蠅的機智與勇敢更是孩子的最佳榜樣。

　　蘇斯博士童書獎作者泰德・阿諾 (Tedd Arnold) 用幽默的口吻與創新的題材，配合上漫畫風格的插畫陪伴孩子從圖像閱讀走向文字閱讀。

📝 反思問題：

1. Do you have a friendly pet? If not, would you like to have Fly

Guy be your pet?

2. What makes Fly Guy so special to Buzz? Do you have such a
   bond with your own pet at home?

The Bad Guys Series

《壞蛋聯盟》系列

作者：Aaron Blabey

繪者：Aaron Blabey

出版社：Scholastic

　　壞蛋也想當好人！有著尖銳牙齒以及像刀一樣鋒利爪子的狼先
生，找了鯊魚先生、蛇先生、食人魚先生組成了壞蛋聯盟，他們想
要改變人們對他們的看法。這群看起來壞壞的傢伙決定開始拯救社
會弱勢的善舉：首先，他們要解救動物收容所裡的兩百隻狗，接下
來還有一萬隻受困在高科技養雞場裡的雞……。

　　這些可愛又迷人的反派角色真的能撕去身上的壞人標籤嗎？讀
者又是否真能夠不以貌取人呢？《壞蛋聯盟》將顛覆我們所有的刻板
印象，透過幽默風趣的文字與漫畫，讀者們會知道，有時候那些看
起來壞壞的生物，才是最意想不到的好人。

1. A well-known saying, "You can't judge a book by its cover," may represent the "bad guys" in *The Bad Guys.* Have you ever misjudged someone? Share your experience.

2. How did Mr. Wolf impress you in the books? Talk about one thing that you feel moved by in the books.

108 課綱 19 重大議題：品德、生命、安全、多元文化、閱讀素養

Classic Goosebumps Series

《雞皮疙瘩》系列

作者：R. L. Stine

出版社：Scholastic

　　Goosebumps 這套兒童驚悚小說在 90 年代曾風靡全美國，長期占據兒童暢銷圖書排行榜，甚至被改編成為電視劇和電影《怪物遊戲》。《雞皮疙瘩》系列書各有不同的主角，但他們有著相同的命運，就是會捲入超自然的事件中。主角們得從恐怖樂園、古墓毒咒到魔鬼面具的困境中脫困，這些鬼魅在故事的最後又會幻化成另一種形式，出現在下一集的故事中，每一個故事的結局都是另一次雞皮疙瘩的開始。

　　R. L. 史坦恩 (R. L. Stine) 的《雞皮疙瘩》系列結合了青少年的日常生活和超自然的魔幻世界，充滿著驚奇與怪誕。每個故事都是作者想像力極致的表現，透過主角逃離鬼魅的奇幻旅程，吸引讀者進入閱讀的世界中，在雞皮疙瘩掉滿地的同時，也自然而然學好了英文。

1. Have you had any experience of getting goosebumps? Share your experience and describe how you felt.
2. Are you afraid of the monsters in books such as *Night of the Living Dummy* and *The Haunted Mask*? Which monster scares you the most?

Eerie Elementary Series

作者：Jack Chabert
繪者：Sam Ricks
出版社：Scholastic

　　山姆・格雷夫斯 (Sam Graves) 既然被校長選進怪誕小學的糾察隊，他只好帶著醜不拉幾的橘色肩帶，負責起巡邏校園的任務。沒想到這名人人都討厭的糾察卻發現了學校驚人的祕密——原來，怪誕小學其實是瘋狂科學家奧森・厄爾 (Orson Eerie) 所設計的恐怖學校，有會生吞學生的置物櫃、變身成巨大迷宮的操場，還有一座會變成火山隨時可能爆發的體育館。

山姆和他的好朋友露西 (Lucy) 和安東尼 (Antonio) 決定組成三人小組，他們三人能否成功打敗怪誕小學，完成保護同學的任務呢？

📝 反思問題：

1. What would you do if you were Sam Graves? Would you dare to defend the other students against the evil school? Would you do anything differently?
2. What might be other secrets that Sam Graves has not discovered? Use your imagination and come up with a new mystery for Sam and his team to solve in the school.

108 課綱 19 重大議題：品德、生命、安全、多元文化、閱讀素養

A to Z Mysteries Series

作者：Ron Roy

繪者：John Steven Gurney

出版社：Random House Children's Books

　　A to Z Mysteries 系列是以 26 個英文字母開頭的 26 個待解謎團。主角丁克 (Dink)、喬許 (Josh) 和露絲·蘿絲 (Ruth Rose) 這三個九歲的小偵探，每當遇到離奇事件，不論是光頭劫匪、致命地窖、鬧鬼飯店和消失的木乃伊，他們總能發揮鍥而不捨的推理精神，抽絲剝繭找出兇手。

　　作者羅恩·羅伊 (Ron Roy) 在尚未出版 *A to Z Mysteries* 之前，是個國小四年級的老師，因此在他的作品中，總是能學習到各學科的相關知識和美國各地的風土民情。此外羅伊老師的用字淺顯易懂，深受小讀者的喜愛。喜歡推理的孩子，趕快加入破案的行列，一起來破解這 26 個待解的謎團吧！

1. Which of these mysteries do you like the most?
2. If you were the author, which letter would you like to use to create a new mystery? What title would you name the new book?

| 圖像小說 |

108 課綱 19 重大議題：品德、生命、多元文化、閱讀素養

　　圖像小說是以漫畫形式呈現，但具備比漫畫更完整的開端、發展和結局，是一種深受孩童喜愛的圖像文學形式。圖像小說的敘事方式基本上仍以文字為主，藉由生動有趣的漫畫加深讀者對於故事情節的瞭解。閱讀圖像小說就好像在看漫畫般，讀者會不知不覺的一本接著一本看下去。藉由圖像的輔助，能引起英語學習低成就、低動機的孩子對閱讀的興趣，讓他們更願意往下一階段的長篇閱讀邁進。

Dog Man Series

《超狗神探》系列
作者：Dav Pilkey
繪者：Dav Pilkey
出版社：Graphix Books

　　警犬桂格 (Greg) 和牠的警察搭檔在一次拆解炸彈的任務中被炸傷了，醫院護士突發奇想，將桂格的頭和警察的身體合而為一，狗頭人身的超狗神探 Dog Man 就此誕生。

　　作者戴夫・皮爾奇 (Dav Pilkey) 用他生動幽默的筆觸畫出一格又一格令孩子捧腹大笑的連環漫畫，超狗神探是否能通過一連串的考驗成功打擊惡棍，完成拯救城市的使命？就讓我們持續看下去……。

反思問題：

1. Which story of Dog Man and Petey most fascinates you? Could you invent your own Dog Man comic?
2. Create a hero with another animal figure. Dress your new hero and equip him or her with some imaginary super powers.

Captain Underpants Series

《內褲超人》系列
作者：Dav Pilkey
繪者：Dav Pilkey
出版社：Scholastic

　　喬治 (George) 和哈洛 (Harold) 這兩個四年級小屁孩喜歡惡作劇，在學校處處闖禍。有一天，他們用催眠戒指成功催眠了克朗校長 (Mr. Krupp)，卻讓他不小心變成他們自製漫畫中的神祕英雄——內褲超人！

　　別小看這位披著紅色披風、穿著大號內褲的內褲超人，加上喬治和哈洛這兩個小跟班，三個臭皮匠剛好湊成一個諸葛亮。他們是否能夠戰勝吃人馬桶、外星大嘴妖、史屁多教授和鼻涕金剛呢？逗人發笑的劇情與怪誕的邪惡反派，讓《內褲超人》成功贏得全世界無數孩童的喜愛。

📓 反思問題：

1. Is there anyone you want to turn into Captain Underpants in real life? Why?
2. Following on from above question, what do you want this Captain Underpants to do for the world?

| 分級讀本 |

108 課綱 19 重大議題：性別平等、人權、環境、海洋、品德、生命、家
庭、生涯規劃、多元文化、閱讀素養、國際、原
住民族

　　根據著名的語言研究學者 Stephen Krashen 提出的「i+1 理論」，
第二外語的教學應給予學習者適當的學習素材，最好是比其程度略
高一點的教材，藉由循序漸進的語言輸入，外語的學習成效才能彰
顯。而分級讀本的概念正是此理論的具體實例。依照不同語言學習
者的學習程度所編寫，以單字、文法、劇情的難易程度進行分級。

　　閱讀分級讀本的目的在提升語言學習者的閱讀速度和流暢度，
選擇符合自己程度的分級讀本更能幫助讀者建立閱讀的自信與習
慣。閱讀能力較佳的學生則可挑戰更高級別的分級讀本，一步步地
提升學習等級。

I Can Read Series
出版社：HarperCollins Children's Books

　　I Can Read 是美國非常知名的兒童閱讀啟蒙分級讀本，分為六個
級別。My First Reading 的閱讀級別是最初階的英文學習階段，可搭
配有聲書閱讀。在此階段，學習者以聆聽故事為主，等到可以慢慢
念出一些常見字後，就能進階到 Level 1 的初階閱讀 (Beginning
Reading)。

Level 1 主要目標是針對能夠念出單字和簡單的句子的孩子，藉由活潑的角色及逗趣的故事劇情，持續培養他們對於閱讀的興趣。Level 2 的用字其實就是臺灣國一的英文課本程度，句子稍微增長，故事情節增加。透過老師的引導，孩子能走向獨立閱讀的階段。

Level 3 開始，逐漸加入更複雜的劇情和較具挑戰性的單字，藉由不同的主題，好比歷史小說、冒險故事和科普閱讀學習英文，適合國二以上的學生。 Level 4 進階閱讀 (Advanced Reading) 階段的讀本開始有了章節，孩子將從橋梁書邁向章節書的閱讀，適合國三以上學生。這套 *I Can Read* 系列分級讀本，陪伴孩子從最簡單的英文走到章節書的閱讀。故事主角餅乾狗 Biscuit、傻大姊 Amelia Bedelia 都將成為孩子的好朋友，和他們一起成為獨立自主的英語閱讀者。

📖 反思問題：

1. Do you want to have a dog like Biscuit? What are some of Biscuit's personality traits that you adore?
2. Is it good to have a family member like Amelia in your life? Why, or why not?

Step Into Reading Series
出版社：Random House Children's Books

    Step Into Reading 和 *I Can Read* 系列一樣同屬分級讀本，分為五個級別。走進美國的小學教室，你常可以發現 *Step Into Reading* 系列書的身影。Step 1 和 2 適合與孩子共讀，我們應多鼓勵孩子開口念故事，藉此累積字彙量。美國的小學老師甚至會將書本內容編成歌曲，許多美國小朋友對書本內容都可朗朗上口，回家也會和爸媽們哼上一兩段。

    Step 3 開始進入獨立閱讀的過渡階段，相當於臺灣國一的英文程度。透過有趣的角色及容易理解的劇情，開始讓孩子養成獨立閱讀的習慣。Step 4 利用簡短的篇章故事，逐步拉長孩子的閱讀份量，屬於段落閱讀的叢書，適合國二以上的學生閱讀。Step 5 則進入章節閱讀的領域，藉由全彩的插圖搭配長篇段落，其目的在幫助孩子成為一個終身的閱讀者，將適合國三以上的學生程度。

    Step Into Reading 系列書內容豐富，從經典童話故事、迪士尼動畫、科普知識、名人傳記、運動巨星到勵志故事，涵蓋了孩子成長

的各個層面。書本的用字道地，藉由插圖一步一步引導孩子愛上英文閱讀，並逐步培養他們長篇閱讀的能力。

📖 反思問題：

1. What is your favorite story in this series of books? Why do you like it in particular?

2. In *Little Witch Learns to Read* (Level-3 story), Little Witch uses her invisibility spells and stays up late to read. Why does she like reading? Do you like reading too?

| 科普閱讀 |

108 課綱 19 重大議題：環境、海洋、品德、生命、科技、能源、安全、防災、生涯規劃、多元文化、閱讀素養、國際

　　科普是科學普及的簡稱，科普閱讀則是透過淺顯易懂的文字讓讀者瞭解科學的奧秘。這種使用英文來認識科學的教學方式便是時下最夯的 CLIL 教學法 (Content and Language Integrated Learning)，也就是將學科內容與外語結合的跨學科教學。歐美近期提倡的 STEAM 教育也是科學普及教育的一種，STEAM 結合了科學、科技、工程、藝術和數學的知識，透過相關課程將五大領域整合，讓學習者能夠更親近科學，落實科學素養的精神與核心技能。

The Magic School Bus Discovery Series
《魔法校車》探索系列
作者：Joanna Cole
繪者：Bruce Degen
出版社：Scholastic

　　喜歡穿著花洋裝、佩戴大耳環、一頭捲髮的費老師 (Ms. Frizzle) 擁有一部神奇的魔法校車，她開著魔法校車帶著學生上山下海。校外教學的地點則無奇不有，上至太空下至海溝。從怒海賞鯨到太空探險，費老師總是鼓勵孩子勇於探險、發現新知，透過親身實驗和

實作探險，深入大自然的世界。讓我們繫上安全帶，一起搭上費老師的魔法校車，展開瘋狂的科學大冒險吧！

The Magic School Bus《魔法校車》是風靡全球的一套科普閱讀套書，依據不同年齡層出版過兒童讀本、動畫、章節小說，以符合不同年齡層的閱讀需求。本書介紹《魔法校車》的探索系列是以章節小說的形式，透過文字和插畫將艱深難懂的科普知識變成生動有趣的故事，深入淺出地介紹蝙蝠、太空探險、恐龍、鯊魚……等科普主題，堪稱中小學最有趣的英文版自然課本。

反思問題：

1. Which adventure makes you want to hop on Ms. Frizzle's magic school bus right away, *Space Explorers*, *The Great Shark Escape*, or one of the other adventures?
2. Use your imagination, and tell us another place you want Ms. Frizzle's magic school bus take you to.

∣ 動畫改編 ∣

108 課綱 19 重大議題：性別平等、環境、海洋、品德、生命、資訊、家庭、生涯規劃、多元文化、閱讀素養、國際、原住民族

　　動畫改編故事書可說是中小學生的首選，畢竟這些迪士尼卡通人物都伴隨著孩子們長大，有了與作品的共鳴與連結，更能燃起孩子閱讀的興趣與熱情。建議老師和家長在挑選此系列作品時，可優先選擇孩子看過的動畫作品，當孩子閱讀起這一系列的書籍時，便能夠喚醒影像的記憶，進而理解故事情節與內容。

Disney Read-Along Storybook and CD
《迪士尼有聲故事書》系列
出版社：Disney Press

　　Disney Read-Along Storybook and CD《迪士尼有聲故事書》系列是改編自迪士尼電影的有聲故事書。迪士尼的卡通人物能引領孩子進入充滿想像的閱讀世界，32 頁的全彩故事書，搭配生動的配音、磅礴的配樂、高潮迭起的劇情讓有聲書閱讀有如觀賞一齣濃縮版的迪士尼動畫一般精采。

特別推薦迪士尼的經典《冰雪奇緣》(*Frozen Read-Along Storybook and CD*)、《獅子王》(*The Lion King Read-Along Storybook and CD*)、《動物方城市》 (*Zootopia Read-Along Storybook and CD*) 、《腦筋急轉彎》(*Inside Out Read-Along Storybook and CD*)，肯定會幫助原本在英文科目高挫折、低成就的孩子重啟英文閱讀的學習動機。

反思問題：

1. Try to share what message you got from one of the Disney stories listed above.

2. In *Inside Out*, Riley has five core emotions guiding her through life. What emotions dominate mostly in your life? Do they shape your personality? How?

　　高中時期的孩子準備開始承擔責任，他們開始學習獨立思考，心智漸漸成熟。同時，他們也會遇到各式各樣的煩惱，包含課業的壓力、父母親的期待、同儕的友誼和兩性交往的問題。高中時期的孩子需要在這個轉大人的階段，對自己及社會有更深的認識。透過閱讀青少年小說，他們學習以不同角度認識這個世界，並透過體察書中角色的互動，反思自己與他人的關係。

　　經典三十小說書單是考量高中階段孩子的英文能力與人格養成，嚴選出三十本值得學生閱讀的英文小說，並將這些小說依主題分類，分為校園、奇幻、溫馨、歷史、成長、冒險、愛情、懸疑、心靈。這些小說涵蓋高中孩子會遇到的各種人生課題，讓他們透過閱讀去體驗人生中的酸甜苦辣。

　　加上高中階段孩子的英文學習需要更廣泛的閱讀，英文小說將扮演起提升學生英文能力不可或缺的角色。教師不妨將小說閱讀適時融入課堂，或是在課堂上播放這些小說所改編的電影片段，將能讓學生真實感受到英文小說的魅力與閱讀的樂趣。

| 校園 |

108 課綱 19 重大議題：性別平等、人權、品德、生命、法治、安全、家庭、生涯規劃、多元文化、閱讀素養、國際、原住民族

Thirteen Reasons Why

《漢娜的遺言》

作者：Jay Asher

出版社：Penguin Group USA

　　Thirteen Reasons Why《漢娜的遺言》中的漢娜 (Hannah) 選擇以自殺結束自己的生命。她在生前所錄的 7 卷錄音帶，包含了 13 個故事，也是 13 個漢娜選擇自殺的理由。這些錄音帶控訴著 13 名不同的加害者，包含友情、愛情、跟蹤、強暴、網路霸凌、校園內的流言蜚語……各種生命中的難題逼著漢娜走上絕路。暗戀漢娜的克萊 (Clay) 是錄音帶中唯一一個無辜的控訴，克萊隨著錄音帶一一拜訪漢娜所提及的地點，身歷其境的克萊也因此瞭解了漢娜的痛苦。而故事的最後，克萊選擇帶給周遭朋友關懷，讓身邊不再出現另一個漢娜的悲劇。

《漢娜的遺言》討論的是自殺、性侵、霸凌、性傾向等社會上的禁忌議題。在父權宰制的社會中，人們對這些禁忌議題往往選擇噤聲，選擇隱忍的結果反而導致悲劇重複地上演。校園生活有時對某些人而言並非如此單純美好，但我們必須瞭解到自殺永遠不會是一個選項。生命是一切希望的源頭，只有活著才能解決問題。

金句：

You don't know what goes on in anyone's life but your own. And when you mess with one part of a person's life, you're not messing with just that part. Unfortunately, you can't be that precise and selective. When you mess with one part of a person's life, you're messing with their entire life. Everything. . . affects everything.

　　這句出自漢娜口中的控訴，宛如一則對世人傳遞的訊息。或許你覺得沒什麼大不了的小事，對別人來說就是一道過不去的關卡。許多小事碰在一起就如同滾雪球般越滾越大，屆時再多後悔都無法彌補過往的遺憾。或許我們能像小說中的克萊一樣，給予身邊朋友多一些關懷，這個世界會因為我們做出的行動而變得更好。

反思問題：

1. Why did Hannah commit suicide?
2. What do you think about Hannah? Do you feel sympathy for Hannah? Why, or why not?

The Absolutely True Diary of a Part-Time Indian
《一個印第安少年的超真實日記》
作者：Sherman Alexie
出版社：Andersen Press UK

The Absolutely True Diary of a Part-Time Indian《一個印第安少年的超真實日記》中的阿諾 (Arnold) 是個 14 歲的印第安少年，患有先天性腦積水及癲癇症的他，因為動作緩慢、長相特別，一天總會被叫兩次智障，一個月更至少會被揍一次。當大部分的印第安人選擇留在保護區渾渾噩噩的度過一生，阿諾卻決定到白人學校去就讀。事實上，他是學校中唯二的印第安人：一個是他，另一個是校內的雕像。但即便身處於充滿敵意與種族歧視的環境之中，阿諾仍用樂觀積極的態度面對一切挑戰，這是一個不被貧困打倒的印第安人的追夢故事。

阿諾的成長過程不斷面臨身分認同的衝突，他原本以為這個世界是以部落來劃分，白人、黑人或是印第安人。歷經生命的淬鍊，他才知道世界只分兩種人類，混帳族和非混帳族。從此，他的歸屬與認同不再被種族給拘束，他不單是個印第安人，他也是熱愛籃球的籃球小子。

 金句：

Life is a constant struggle between being an individual and being a member of the community.

生命的奧義，就是在作為一個個體，或是作為群體中的一員，這兩者之間不斷的進行拉扯。阿諾的身分認同一直是他成長過程中必須面對的難題。在學校，他與眾不同，回到部落，族人又嘲笑他是顆外紅內白的蘋果。但阿諾擁有一顆寬大的心，一步一腳印努力活出自我。

📝 反思問題：

1. Why does Arnold think he is a "part-time" Indian? Do you have any similar experience of being a "part-time" something? Please briefly describe what happened and why you think so.

2. What is the relationship between Arnold's drawings and his words?

Auggie & Me: Three Wonder Stories

作者：R. J. Palacio

出版社：Random House

Auggie & Me: Three Wonder Stories 是《奇蹟男孩》的外傳。故事從三位奧吉 (Auggie) 同學的角度重新詮釋《奇蹟男孩》的故事。一直被視為反派的同學朱利安 (Julian) 有了為自己辯解的機會，暑假與奶奶的相處也讓朱利安發現自己的錯誤，並寫了道歉信給奧吉。克里斯多福 (Christopher) 是奧吉的兒時玩伴，他最能夠理解與奧吉當朋友的壓力。夏洛特 (Charlotte) 則是奧吉的同班同學，她在支持與排擠奧吉的派系戰爭中選擇中立的角色，她以親切的態度面對奧吉，但親切中似乎總保持點距離，她會瞭解到仁慈才是良善循環的起始點嗎？三位《奇蹟男孩》的配角這次化身為主角，讓讀者們更加理解他們的內心世界。

Auggie & Me: Three Wonder Stories 同樣延續《奇蹟男孩》選擇良善的主軸。從朱利安的故事中，我們學會了在評斷之前需要先有理解；從克里斯多福的身上，我們能夠明白友誼的意義；從夏洛特的改變中，我們知道我們永遠可以為別人做得更多。如果你喜歡《奇蹟男孩》的故事，一定別錯過這本以這三位同學觀點出發的溫馨故事。

金句：

Be kind, for everyone you meet is fighting a hard battle.

　　這句金句來自一位十九世紀的蘇格蘭牧師作家 John Watson，而朱利安篇章的序言採用這句格言，說明了我們都必須懷抱善意、學習理解他人，因為你遇到的每個人都正在打一場艱難的戰役。你永遠不知道別人所面臨的挑戰。這句朱利安篇章的序言也和《奇蹟男孩》中奧吉明信片的格言有著異曲同工之妙，奧吉的明信片上寫著：「每個人一生中都該有人為他起立鼓掌，至少一次，因為我們都克服了世界。」(Everyone in the world should get a standing ovation at least once in their life because we all overcometh the world.)

📝 反思問題：

1. How would you define kindness?
2. What kind of person do you think Julian is? Would you forgive him if you were Auggie?

The Perks of Being a Wallflower

《壁花男孩》

作者：Stephen Chbosky

出版社：Simon & Schuster UK

The Perks of Being a Wallflower《壁花男孩》中的查理 (Charlie) 是個害羞的高一學生，他和多數青少年一樣，面臨了成長過程中會遇到的友誼、感情和家庭議題。此外，好友的自殺、姑姑的意外身亡、無疾而終的單戀、同性戀的新朋友和姊姊的未婚懷孕，都一再地衝擊著查理的內心世界。還好，此時的他有學姊珊 (Sam) 和學長派屈克 (Patrick) 的照顧。查理在他們的陪伴下，經歷了青少年成長過程中必經的酸甜苦辣。

「壁花」(Wallflower) 原本是指在舞會中沒人邀舞的落單男女。在故事中，查理的害羞個性讓他成為校園中不折不扣的壁花，生活的無助與徬徨、不知要向誰傾訴的痛楚，我想是這類孩子最常遇見的問題。查理的角色也讓我想起教學生涯中遇見的無數壁花高中孩子。身為一個高中老師，我都一直不斷的提醒自己要耐心傾聽這些壁花男孩女孩的心聲，做他們成長過程中的心靈捕手。

 金句：

And in that moment, I swear we were infinite.

生命賦予人們一件普通而珍貴的禮物，那就是青春。或許孩子現在徬徨迷惘、或許狂放不羈、或許不知未來方向，但是只要他們活在當下，青春就擁有無限可能。致我們逝去的青春！

1. What does Charlie experience in the school that makes him more mature?
2. What kind of person will be called a wallflower? What does "wallflower" mean to you?

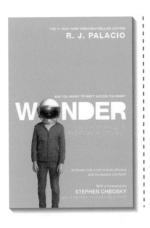

Wonder
《奇蹟男孩》
作者：R. J. Palacio
出版社：Random House US

　　Wonder《奇蹟男孩》中的奧吉 (Auggie) 決定在十歲的這年開始上學了。因為基因缺陷，天生擁有一張殘缺面容的奧吉，開始了如同羊入虎口般的五年級校園生活。在校園裡等待著他的，是同學朱利安 (Julian) 的排擠、好友傑克‧威爾 (Jack Will) 的背叛，原本最愛的萬聖節也成為奧吉的夢魘。儘管面對這些殘酷的事實，善良的奧吉仍擁有家人的關愛、老師的鼓勵、同學小夏 (Summer) 的善解人意，還有傑克後來真誠的道歉與友誼。在好友、老師和家人的陪伴下，奧吉因而度過了精采的五年級校園生活，甚至帶給身邊的人們奇蹟般的改變……。

《奇蹟男孩》除了描述奧吉眼中的世界，也加入奧吉的同學、奧吉的姊姊、姊姊的男友和閨蜜的敘事觀點，透過他們的感受逐漸拼湊出故事的全貌。這是一個談論善良、勇氣、接納與反霸凌的故事，相信孩子們都會被奧吉的勇敢與良善所觸動。

 金句：

When given the choice between being right or being kind, choose kind.

聰明是一種天賦，而善良是一種選擇，你的選擇，正決定你是一個什麼樣的人！

📝 反思問題：

1. Do you think August is ordinary or extraordinary? Tell us why.
2. Which of the Mr. Browne's precepts do you like the most? Why?

Frindle
《我們叫它粉靈豆》
作者：Andrew Clements
出版社：Atheneum Books

Frindle《我們叫它粉靈豆》中的尼克 (Nick) 是一個就讀林肯小學的鬼靈精，腦袋裡總有無數的鬼點子。葛蘭潔 (Granger) 老師是尼克的英文老師，身為字典控的葛老師每次上課都會給學生一張字彙表，讓學生享受查字典的樂趣。但其實學生們可都苦不堪言，此時尼克決定和葛老師來場文字大戰，他創造了一個英文單字 Frindle 來取代筆 (pen)，並號召所有同學加入。面對尼克這樣的鬼靈精，葛老師又該如何對付他呢？

在教學生涯中，我一直很喜歡那些和我「唱反調」的學生。摒除剛開始教書的前幾年對他們束手無策外，有創造力的孩子總是會在我的課堂中與我擦出不一樣的火花。不是那種劍拔弩張的火花，而是課堂中機智詼諧的火花。《我們叫它粉靈豆》也給教育工作者另一種思維，面對這些有創意的學生，是否用鼓勵取代壓制，用陪伴取代處罰。

 金句：

But of course, all of this is just a silly fad, and when you add an "e" to fad, you get fade. And I predict this fad will fade.

尼克所創造的 Frindle 熱潮 (fad) 不但沒有如葛老師所預言的退燒 (fade)，反而席捲了整個小鎮、整個州，和整個國家。但暖心的葛老師其實只是在這場文字大戰中，選擇演個大反派而已，她才是最支持尼克的那個人。

📖 反思問題：

1. How does Mrs. Granger feel about the word "frindle"?
2. Do you think words have power? Why or why not?

108 課綱 19 重大議題：性別平等、人權、品德、生命、法治、安全、家庭、生涯規劃、多元文化、閱讀素養、國際

Holes

《洞》

作者：Louis Sachar

出版社：Random House Children's Books

　　Holes《洞》中的倒楣少年史丹利·葉納慈 (Stanley Yelnats) 因誤拾了一雙球鞋而被當成小偷，使他不得不前往少年管訓的綠湖營接受兩年的感化期，並在這認識一位名叫零蛋 (Zero) 的好朋友。在綠湖營中，獄吏要求少年犯每天得在乾涸的湖床上挖一個直徑五呎的洞以磨練心性。事實上，大人們只是在尋找深藏在地底的寶藏。究竟真相會不會被這群少年給挖掘出來呢？葉納慈家族的厄運又會繼續延續下去嗎？

　　《洞》是一個講述前世今生、因果循環及家族救贖的奇幻故事。雖然劇情較為複雜，但仔細閱讀還真處處埋藏驚喜。憨厚善良的史丹利經由綠湖營的淬鍊，學習到書本中學不來的人生智慧，體認友誼的可貴，並感受到人性的光輝。

金句：

When you spend your whole life living in a hole, the only way you can go is up.

　　每當感到失落時，讀讀從零蛋口中說出的這句話，就會覺得人生頓時充滿希望。

📖反思問題：

1. Why does Zero want to learn to read so badly? What do you learn from Zero's keen attitude to reading?
2. Do you believe in karma? How does karma affect each character in the book?

The BFG
《吹夢巨人》
作者：Roald Dahl
出版社：Penguin Group USA

　　The BFG《吹夢巨人》中的蘇菲 (Sophie) 是個住在倫敦孤兒院中的孤兒。在一個失眠的夜晚，蘇菲無意間發現巨人的行蹤，害怕洩漏行蹤的巨人於是將蘇菲帶回巨人國，將她藏在自己的洞穴。

　　這名身長八尺的巨人在巨人國度其實是個以臭瓜為主食的矮子巨人，心地善良的他會到夢境國度捕捉像螢火蟲般的美夢，並在夜深人靜時帶著專用的小喇叭，將美夢吹入每個沉睡孩子的夢鄉。但在巨人國中，吹夢巨人卻飽受其他九位高壯巨人的欺壓。蘇菲與吹夢巨人為了阻止高壯巨人吃掉其他小孩，他們調製了一個超級惡夢，向英國女王陳述巨人國中巨人吃人的慘狀。最終在女王的協助下，蘇菲與吹夢巨人終於齊心扳倒其他九位嗜血的巨人。

　　蘇菲與吹夢巨人這看似奇妙的組合，卻彼此改變了對方的命運。巨人把蘇菲從孤兒院帶走，終結了蘇菲的孤單；蘇菲也鼓舞了巨人，讓巨人不再懦弱，互補的兩人就像是彼此的幸運。蘇菲與吹夢巨人的刺激冒險故事相信會隨著羅德·達爾 (Roald Dahl) 的文字繼續流傳下去。

金句：

Don't gobblefunk around with words.

羅德‧達爾是一個玩弄文字的大師，故事中的吹夢巨人由於自學語言的關係，常常會說出讓人摸不著頭緒的文字，蘇菲則會幫忙揪出吹夢巨人的語病。而巨人回應蘇菲的這句話中的 gobblefunk 其實就是 gobbledegook 的變形，意味著冗長費解的話。羅德‧達爾這種創造新詞的寫作方式，也常被他的書迷稱為 Gobblefunking。

反思問題：

1. What does Sophie think when she first sees the BFG? What does the BFG look like?
2. How do you think human nature is similar to and different from giant nature?

A Wrinkle in Time

《時間的皺摺》

作者：Madeleine L'Engle

出版社：Square Fish Books

　　A Wrinkle in Time 《時間的皺摺》 中的梅格 (Meg) 是個長相平凡、脾氣暴躁、功課落後的高中女孩。梅格的弟弟查爾斯 (Charles) 雖然天賦異稟，卻很少開口講話，甚至被嘲笑是個智障。一年前，他們的科學家爸爸在一個實驗中離奇的失蹤了，同為科學家的媽媽想要找出爸爸的下落，但始終徒勞無功。

　　在一個風雨交加的夜晚，梅格家來了一個神祕的鄰居啥太太 (Mrs. Whatsit)，看似無厘頭的話語透漏了梅格爸爸可能的下落。在啥太太、誰太太 (Mrs. Who) 和某太太 (Mrs. Which) 的協助下，梅格、查爾斯和梅格的同學凱爾文 (Calvin) 展開了一場超時空挪移的救父之旅，這場星際探險也讓他們重新檢視了自己的生命價值。

　　《時間的皺摺》中控制著梅格父親的是被稱為「它」(IT) 的黑色魅影，「它」能夠機械般的控制所有人重複一樣的動作。但梅格有著「它」所沒有的東西，那就是對父親和弟弟堅定的愛，這份情感讓梅格擁有超越宇宙的力量，讓她能與家人團聚。

金句:

Life, with its rules, its obligations, and its freedoms, is like a sonnet: You're given the form, but you have to write the sonnet yourself.

人生就像是莎士比亞的十四行詩,有它的規則、義務與自由度,雖然我們都被賦予了生命的形式,但唯有自己才能譜出屬於自己的生命篇章。或許在成長過程中,人們對自己的生命難免會有自我懷疑與孤單沒自信的那一面,但也是透過這些試煉,讓我們都成為更好的自己。

📖 反思問題:

1. How are teamwork, courage and perseverance displayed by Meg, Calvin and Charles in the book?
2. What gift does Mrs. Whatsit give Meg for her journey back to Camazotz? Why does Mrs. Whatsit give Meg that gift?

Percy Jackson & the Olympians: The Lightning Thief

《波西傑克森 1：神火之賊》
作者：Rick Riordan
出版社：Disney Press

Percy Jackson & the Olympians: The Lightning Thief《波西傑克森 1：神火之賊》中的波西 (Percy) 是個半人半神的混血人，他是海神波塞頓 (Poseidon) 與人類生命的結晶。因為波西的血統，讓他意外捲入希臘三大神祇宙斯 (Zeus)、波塞頓與黑帝斯 (Hades) 的爭吵風波之中。宙斯的閃電火又在此時失竊，波西如果不能在夏至前找回閃電火，奧林帕斯眾神間的戰爭便一觸即發。

英文系畢業的人應該都曾研讀過希臘神話。希臘羅馬神話可是西洋文學的一切起源，奧林帕斯眾神的恩怨情仇更是人類文化的重要遺產。《波西傑克森》就是認識希臘神話的最佳故事。

 金句：

If my life is going to mean anything, I have to live it myself.

如果我的生命有一點意義，我必須靠自己活出來。波西的媽媽曾用這句話教導波西活出生命的力度，勇敢追求自己人生的意義。

1. Which Olympians do you like the most? If you were a half-blood, which Camp Half-Blood cabin would you join?

2. Which character would you like to be in the real life, god, demi-god, human, centaur, satyr, wood nymph or monster? Why?

The Giver
《記憶傳承人》
作者：Lois Lowry
出版社：Houghton Mifflin Harcourt

　　The Giver《記憶傳承人》中的喬納思 (Jonas) 生活在一個沒有痛苦、沒有衝突、沒有愛戀的同化社區中，十二歲的他與其他年滿十二歲的孩童一樣需要接受社區首席長老指派未來的職位。而後，喬納思被挑選成為記憶的傳承人，負責接受同化之前人類的回憶。

　　於是，在現任記憶傳授人的帶領下，喬納思一點一滴的承載著同化社區所沒有的苦難、快樂、愛、親情等記憶。另一方面，一個收養在喬納思家的小嬰兒佳比 (Gabriel) 因體重不足而即將被裁定「解放」。解放的過程其實就是我們所知道的「安樂死」。喬納思因為與佳比有了情感，他決定帶著小嬰兒逃離社區，並將記憶還給同化社區的人們，讓他們感受真實的情感，擁有自己的人生。

《記憶傳承人》可說是反烏托邦 (dystopian) 小說的先驅。所謂的反烏托邦是指反映出與理想社會相反的情況，像是《飢餓遊戲》 (*The Hunger Games*)、《移動迷宮》 (*The Maze Runner*)、《分歧者》 (*Divergent*) 都是耳熟能詳的反烏托邦小說。這些小說也傳達給讀者，沒有情感的人生是多麼的蒼白，人類雖有戰爭、爭奪、謊言與疾病，但擁有愛的世界卻值得珍惜。

 金句：

The worst part of holding the memories is not the pain. It's the loneliness of it. Memories need to be shared.

身為記憶傳承人，擁有記憶最糟糕的不是痛楚，而是那份孤獨。因為記憶是需要被分享的，喬納思是同化社區中唯一可以享有歡樂、愛戀、飢餓、痛苦的人。換作是你，你會選擇獨自擁有還是共同承擔？

📑 反思問題：

----

1. Are you willing to sacrifice freedom and individuality for peace, contentment and ease?

2. Would "The Receiver" be a better title than "The Giver"? Why, or why not?

Bridge to Terabithia
《通往泰瑞比西亞的橋》
作者：Katherine Paterson
出版社：HarperCollins Children's Books

Bridge to Terabithia《通往泰瑞比西亞的橋》中的傑西 (Jesse) 是個自卑的男生，在學校遭受同學的欺負與霸凌，讓他只能用繪畫抒發自己的心情。賽跑比賽當天，轉學生萊絲利 (Leslie) 打敗了所有的男同學，這讓傑西注意到這個不一樣的女生，兩人也變成無話不談的朋友。放學後，他們藉由繩索盪過小溪，在森林中建立起泰瑞比西亞王國。

透過想像泰瑞比西亞這個虛幻的國度，讓傑西和萊絲利得以在不如意的生活中找到喘息，也給了他們勇氣對抗校園的惡霸。但這樣的幸福卻因為萊絲利的意外過世而終止。傑西最後選擇帶著妹妹來到泰瑞比西亞王國，讓她繼承萊絲利的王位，並建立了一座通往泰瑞比西亞王國的橋。這個夢想國度從此成為他們三人的世界。

《通往泰瑞比西亞的橋》不像其他的奇幻小說有著浩瀚的場景，泰瑞比西亞的奇幻王國反倒只是傑西苦澀與煩惱生活中的出口。然而，即使在美麗的王國也有驟變，萊絲利的離去讓傑西心痛不已，但也只有更努力的活下去，才可以讓萊絲利帶給傑西的種種改變從此有不同的意義。

金句：

It's like the smarter you are, the more things can scare you.

　　這是傑西鼓勵著妹妹梅寶 (May Belle) 勇敢越過小溪的一句話。傑西其實也曾恐懼，他以繩索盪過溪床的時候，心中厭惡的是那個膽小的自己，他甚至認為自己不適合當泰瑞比西亞王國的國王。畢竟一個害怕高大樹林和雨水的人如何能當國王呢？但萊絲利的離去迫使傑西開始真實的面對自己的情緒，並以此來鼓舞自己的妹妹，畏懼的心境人人皆有，只不過傑西已經從這番人生歷練中成長，能夠轉而搭起一座橋梁，和人共享這片予人力量的奇幻國度。

反思問題：

1. Try to think of an imaginary land. What does it look like in your mind?
2. If you could only make friends with one of them, would you be friends with Jesse or Leslie? Why?

Matilda
《瑪蒂達》
作者：Roald Dahl
出版社：Penguin Group USA

　　Matilda《瑪蒂達》是個天資聰穎的小女孩，可是她卻生長在一個得不到父母疼愛的家庭。瑪蒂達的爸爸是個販賣二手車的黑心商人，媽媽則是個沉迷賭博的家庭主婦。她的父母認為孩子就應該要多看電視少讀書，這讓瑪蒂達的成長過程充滿著矛盾與衝突，她只能趁爸媽不在時跑到鎮上的圖書館看書，只有閱讀能讓她的心靈得到慰藉。

　　還好在學校，瑪蒂達遇到了有愛心又充滿教育熱忱的哈妮老師 (Miss Honey)。唯有在學校裡，瑪蒂達才能找到在家中沒有的關愛。可是這所學校卻被會把學生當鏈球甩的川契布爾校長 (Miss Trunchbull) 所掌控。後來，瑪蒂達發現自己有超能力，於是她運用超能力將暴君般的校長趕出學校，並展開和哈妮老師的新生活。

　　瑪蒂達擁有人人稱羨的超能力，但瑪蒂達的真誠、善良、正義感與那顆熱愛閱讀的心，更是人人需要追求的特質。正是這些特質讓瑪蒂達成為獨一無二的小魔女，讓她能在逆境中成功扭轉自己的命運。瑪蒂達的故事讓所有的孩子擁有相信自己的能力。

金句：

So Matilda's strong young mind continued to grow, nurtured by the voices of all those authors who had sent their books out into the world like ships on the sea. These books gave Matilda a hopeful and comforting message: You are not alone.

閱讀滋潤了每個乾枯的心靈，伴隨著孤單的孩子成長。相信愛書的瑪蒂達也是本書致力於閱讀推廣的最佳代言人！

📝 反思問題：

1. If you had magical powers like Matilda, what would you do to change the world?
2. Do you think *Matilda* has a happy ending? Why or why not?

Harry Potter and the Sorcerer's Stone

《哈利波特 1：神祕的魔法石》

作者：J. K. Rowling

出版社：Arthur A. Levine Books

Harry Potter and the Sorcerer's Stone《哈利波特 1：神祕的魔法石》是風靡全球的小說。主角哈利波特 (Harry Potter) 在 11 歲生日的前一週收到霍格華茲魔法學校的入學通知，就此開啟一段不凡的魔法人生。故事描述他與死黨榮恩 (Ron)、妙麗 (Hermione) 一同在葛萊分多學院一起學習黑魔法防禦術、變形學和魔藥學，並參與魁地奇球賽的冒險旅程。然而有股邪惡的力量卻在霍格華茲中悄悄地滋長著，究竟哈利波特能否阻止這股黑暗力量呢？故事就從這顆神祕的魔法石開始展開！

有誰能夠抵抗這個由魔杖、分類帽、飛天掃帚和隱形斗篷所組成的魔法世界呢？在魔法的外衣下，校園與成長的故事元素讓哈利波特更貼近我們的生活。哈利波特系列小說陪伴我走過無數青春的歲月。超越真實世界的想像、令人捧腹的故事情節和充滿驚奇的冒險故事，也將繼續吸引著每個世代的青少年沉浸在閱讀的世界中無法自拔。

金句：

It does not do to dwell on dreams and forget to live.

人不能活在夢裡，不要依賴夢想而忘記生活。這是鄧不利多 (Dumbledore) 校長發現哈利在意若思鏡 (Mirror of Erised) 前思念父母親時對哈利說的話。這句話同時也是鄧不利多校長對哈利的期許，希望他能懂得放下，找到屬於自己的快樂。

📝 反思問題：

1. Which house do you think the Sorting Hat would place you in, Gryffindor, Hufflepuff, Ravenclaw or Slytherin? Why?
2. The Mirror of Erised shows the deepest and most desperate desire in people's hearts. If you looked into the Mirror of Erised, what would you see?

108 課綱 19 重大議題：品德、生命、家庭、閱讀素養

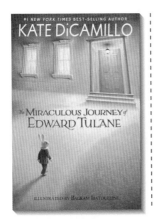

The Miraculous Journey of Edward Tulane

《愛德華的神奇旅行》

作者：Kate DiCamillo

出版社：Candlewick Press

The Miraculous Journey of Edward Tulane《愛德華的神奇旅行》中的愛德華 (Edward) 是一隻性格高冷的瓷兔子，他的主人是十分疼愛他的十歲小女孩艾比琳 (Abilene)，但愛德華的高冷卻被艾比琳的奶奶所嫌棄。一次和杜蘭一家人的旅行中，愛德華墜海而失去和艾比琳的聯繫，也展開他的奇幻之旅。他開始從不同的主人身上學會傾聽和關懷，也體會到心痛和惆悵的感受。傷痕累累的愛德華究竟還有沒有機會和心愛的主人艾比琳重逢呢？

你懂得愛嗎？還是要歷經一次又一次的失去才懂得去愛？《愛德華的神奇旅行》講述瓷兔子愛德華的尋愛之旅，更是一趟從被愛學會去愛的蛻變之旅。透過簡單的文字與有限的章節，你可以從書頁間發現一股愛的力量。

金句：

Open your heart. Someone will come. Someone will come for you. But first you must open your heart.

敞開心扉才能讓人進來。故事的最後，受了傷的愛德華漸漸敞開心門，靜靜等待，而他終於等到心愛的主人。

📝 反思問題：

1. What life lessons does Edward learn from his journey? What life lessons have you acquired from your life journey so far?
2. Have you ever lost something you treasured? How did you get over this loss?

Still Alice
《我想念我自己》
作者：Lisa Genova
出版社：Simon & Schuster UK

Still Alice《我想念我自己》中的愛麗絲 (Alice) 是哈佛大學認知心理學教授，也是知名的語言專家。五十歲的她卻開始時常健忘，甚至忘記回家的路，這才發現阿茲海默症已經悄悄地侵蝕她的記憶。當昨日的記憶正逐漸消失，明日依舊是個未知數時，愛麗絲只能努力地活在當下。

《我想念我自己》深切印證生命的意義。在愛麗絲確診之後，她放慢生活的腳步，仔細思考倘若卸下哈佛教授的頭銜，自己到底是誰。你可曾思考過自己到底是誰？

 金句：

My yesterdays are disappearing, and my tomorrows are uncertain, so what do I live for? I live for each day. I live in the moment.

　　這是一句出自愛麗絲口中的名言。「我的昨天隨風而逝，我的明天無人知曉，那麼該為了什麼而活？我謹守一日哲學，我決定活在當下。」如果你註定遺忘一切，最好的辦法就是活在當下，擁抱所擁有的一切。

反思問題：

1. If your parent were diagnosed with Alzheimer's disease, how would you deal with this news?
2. If you were Alice's husband, would you follow your heart and take a dream job in another city? Or, would you stay with Alice?

Every dog happens for a reason.
W. BRUCE CAMERON
A DOG'S PURPOSE
THE *NEW YORK TIMES* AND *USA TODAY* BESTSELLER
NOW A MAJOR MOTION PICTURE

A Dog's Purpose
《為了與你相遇》
作者：W. Bruce Cameron
出版社：Tor Books

A Dog's Purpose《為了與你相遇》利用狗狗的視角敘事，講述一隻狗狗經歷四次輪迴轉生，陪伴人類走過各種人生大事。牠曾經是隻名叫托比 (Toby) 的流浪狗、備受大男孩伊森 (Ethan) 寵愛的黃金獵犬貝利 (Bailey)、協助搜救行動的牧羊犬艾麗 (Ellie)、以及再度重生的拉不拉多犬老弟 (Buddy)。每次轉生都讓狗狗經歷不同的生命歷程，延續著前世的記憶與靈魂，牠一次又一次地完成自己命定的任務。

我也有養一隻柴犬，我給牠取名叫「熊」。牠雖然聽不懂人類的語言，但牠懂我的喜怒哀樂。熊認為我就是牠的唯一，在我回家時，牠總是在門口熱切的歡迎我。出門散步時，牠會四處尋找不同的氣味，踏著輕快的腳步尋找便便的地點。每每和熊聊天時，我更可以感受到牠渴望主人關注的眼神。和書中的狗狗一樣，牠永遠記得人類對牠的好，不求回報的陪伴在主人身旁。

金句：

Dogs are not allowed to choose where they live; my fate would be decided by people.

狗狗是披著毛皮外衣的天使，牠們的天性讓牠們一直守護著主人。但牠們無法選擇自己的出身，牠們的命運全由人類決定。所以我們真的要好好對待這些忠誠的毛小孩，愛牠就不要遺棄牠！

📖 反思問題：

1. What is each dog's purpose in each of their lives?
2. If you were reincarnated as a dog, what kind of dog would you want to be?

108 課綱 19 重大議題：人權、品德、生命、法治、家庭、多元文化、閱讀素養、國際

The Book Thief
《偷書賊》
作者：Markus Zusak
出版社：Black Swan UK

　　The Book Thief《偷書賊》中的莉賽爾 (Liesel) 和弟弟在二戰期間被送到寄養家庭，莉賽爾的弟弟在前往慕尼黑的途中因病過世。在喪禮上，莉賽爾偷了一本掘墓工人手冊，以紀念自己的弟弟。當莉賽爾每晚噩夢連連時，養父漢斯 (Hans) 就會為她念掘墓工人手冊，並教她識字讀書。聰明的莉賽爾很快學會了識字，基於對閱讀的渴望，莉賽爾成為一個偷書賊。

　　一日，一個猶太年輕人麥克斯 (Max) 前來投靠漢斯一家，原來麥克斯的爸爸是養父漢斯在一戰時的救命恩人，因此漢斯夫婦冒著生命安危，將麥克斯安置在自家的地下室中。莉賽爾和麥克斯後來也成為無話不談的好朋友。故事的最後，盟軍的空襲讓死神帶走了漢斯夫婦的靈魂，莉賽爾則成為了戰火下唯一存活下來的女孩。

　　這本著名的反戰小說以偷書賊莉賽爾對於文字的熱愛出發，闡述了文字帶給人們的力量。特別是在遭遇空襲時，莉賽爾為街坊鄰居朗讀故事的時刻，就是文字撫慰人心最好的見證。

金句：

The consequence of this is that I'm always finding humans at their best and worst. I see their ugly and their beauty, and I wonder how the same thing can be both.

書中的死神感嘆人性怎能同時間如此光明，又如此邪惡。人性擁有善良的一面，同時也有殘酷的一面。我們與邪惡的距離該如何拿捏，則取決於我們的智慧。

反思問題：

1. Who is the narrator of the book? How does the narrator affect the style of the book?
2. What was the first book that Liesel stole? Why was this book significant to Liesel?

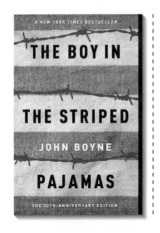

The Boy in the Striped Pajamas
《穿條紋衣的男孩》
作者：John Boyne
出版社：Ember Publishing

The Boy in the Striped Pajamas 《穿條紋衣的男孩》 中的布魯諾 (Bruno) 是個九歲的德國小男孩，原本住在柏林，因為父親職務的調動，他們舉家搬到一個叫做「奧特一喂」(Out-With) 的地方，實際上就是二戰時震撼世界的死亡工廠——奧斯威辛集中營的所在地。這個新家又小又窄，還常有個穿著軍服的軍人來找爸爸。只能自己找樂子的布魯諾，在一次偶然的機會下發現了一片圍籬，奇怪的是，圍籬內的人們都穿著破爛的條紋睡衣。

布魯諾在這座圍籬內認識了一名叫舒穆爾 (Shmuel) 的猶太小男孩。年紀相仿的兩人常隔著圍籬聊天。此後，舒穆爾成為他在新家這邊唯一的朋友。一日，舒穆爾告訴布魯諾自己的爸爸失蹤了，布魯諾自告奮勇地爬進圍籬，想幫他最好的朋友找到爸爸。但也是從那天開始，再也沒有人能看到布魯諾的身影。

透過布魯諾純真的雙眼，看盡這殘酷的世界。布魯諾與猶太小男孩舒穆爾這段跨越種族的情誼並沒有為兩人帶來救贖，反而墮入戰爭機器的深淵，布魯諾的父親也為自己所效忠的仇恨與無知付出最大的代價。

金句：

Their lost voices Must continue to be heard.

　　布魯諾與舒穆爾兩人最終在毒氣室中離開了人世，但布魯諾在死前仍然牢牢握住舒穆爾的手，這世上沒有什麼力量能夠讓他放開。這段跨種族的友情故事必須被世人傳誦，因為他們的故事代表著數百萬無法再發聲的猶太人。

📖 反思問題：

1. What do you think causes Bruno's death, his naivety, adults' lies, or something else?
2. Try to compare Bruno and Shmuel in the book.

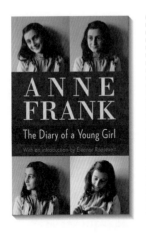

Anne Frank: The Diary of a Young Girl
《安妮的日記》
作者：Anne Frank
出版社：Bantam Books

Anne Frank: The Diary of a Young Girl《安妮的日記》中的安妮．法蘭克是個平凡的猶太少女。1942 年的七月，納粹對猶太人的迫害使得法蘭克一家不得不躲進父親公司的閣樓密室。安妮藉由日記抒發密室生活的苦悶心情，以最坦承的口吻記錄下自己在戰火中的心路歷程、與家人的摩擦、青春少女的煩惱及對人性價值的信念。這本日記也成為世局苦難的最佳見證！

我曾因為安妮的日記前往她當時短暫居所的所在地阿姆斯特丹，很難想像在這個充滿大麻煙味、運河貫穿的城市中曾發生這樣一個見證時代的故事。在安妮的密室中，人們現在手持導覽機，聽著八十年前在這發生的一切，彷彿讓人走入時光隧道，回到戰事緊繃的 1940 年代。歷史的洪流記錄下這大時代的悲歌，或許歷史可以被原諒，但這段悲痛絕對不能夠被遺忘。

 金句：

I've found that there is always some beauty left—in nature,

sunshine, freedom, in yourself; these can all help you.

在恐懼及死亡的腳步聲中,安妮從來沒有放棄過對於人性光輝面的信念。雖然她的生命定格在十五的數字上,但她對於自由、尊嚴和人性良善的終極信念,已永遠深植人們心中。

反思問題:

1. How did the diary help Anne overcome her loneliness?
2. Does Anne consider her family lucky or unlucky to be hiding in the Secret Annex during the war?

108 課綱 19 重大議題：品德、生命、安全、防災、家庭、生涯規劃、多元文化、閱讀素養

Are You There God? It's Me, Margaret.

《神啊，你在嗎？》

作者：Judy Blume

出版社：Simon & Schuster

Are You There God? It's Me, Margaret.《神啊，你在嗎？》中的瑪格麗特 (Margaret) 是個充滿青春期煩惱的十一歲少女。她每晚都會祈禱，心中默念著：「神啊，你在嗎？是我，瑪格麗特。」她煩惱自己的胸部過小、月經比好姊妹還晚來、暗戀的學長有了緋聞，以及自己宗教信仰的歸屬……。一個又一個的煩惱讓瑪格麗特開始學習獨立思考，而這也是每一個少女成為女人的必經過程。

瑪格麗特就像是我課堂中的每一個孩子，有著青春少男少女的煩惱。在蛻變成大人之前，似乎我們都必須走過這一遭。青春期的孩子渴望被主流團體接受，在跌跌撞撞中找到團體中的定位，面對愛情的渴望又顯得手足無措。身為他們的老師，我想陪伴就是對他們最好的守望。

 金句：

Are you there God? It's me, Margaret. I just told my mother I want a bra. Please help me grow God. You know where.

這是瑪格麗特的一次祈禱。她渴望長大的可不是只有她自己的年紀，還有她尚未發育的胸部，俏皮的禱告也道盡了身為少女的煩惱。

📖 反思問題：

1. What kind of problems do you have in your adolescence? How do you deal with them?
2. Which religion does Margaret ultimately convert to? Why does she make this decision?

The Catcher in the Rye
《麥田捕手》
作者：J. D. Salinger
出版社：Little, Brown and Company

The Catcher in the Rye《麥田捕手》中的霍爾頓 (Holden) 是個內心叛逆的十六歲高中生，在聖誕節前夕因學業成績不及格被學校開除，不敢回家的他開始了在紐約市的流浪之旅。佯裝成大人的霍爾頓在酒吧中大口飲酒，召妓時卻因妓女的年紀和自己相仿而顯得不知所措。成人世界的偽善讓他無所適從，那顆悸動的心是否因為長大而失去既有的純真與善良？

　　霍爾頓在書中就有如對社會現狀不滿的「憤青」，對大人世界的虛偽滿懷憤怒與不屑。當他的妹妹問他將來想當什麼時，霍爾頓的心願是自己能成為麥田裡的捕手，鎮守在懸崖旁看護那些善良純潔的孩童，以防他們墜落深淵。書中深刻地刻劃出叛逆期中的青少年對大人社會所產生的迷惘與不安。期許這些少男少女們可以把握青春的美好，即便長大經過社會化之後，也能保有心中的良善。

 金句：

The mark of the immature man is that he wants to die nobly for a cause, while the mark of the mature man is that he wants to live humbly for one.

　　「一個不成熟男子的標記，是他願意為某種原因英勇的死去；一個成熟男子的標記，是他願意為某種原因謙卑的活著。」這是霍爾頓的英文老師安托里尼 (Antolini) 給他的人生忠告。人生或許充滿無奈，但只要活著的每一天，我們都要好好活著，為自己的理想奮鬥。

📖 反思問題：

1. Why does Holden want to be the catcher in the rye?
2. Is the theme of the novel applicable to today's world? Why, or why not?

Hatchet
《手斧男孩》
作者：Gary Paulsen
出版社：Aladdin Paperbacks

Hatchet《手斧男孩》中的布萊恩 (Brian) 是個十三歲的小男孩，在飛往加拿大的小飛機上，駕駛員因心臟病發作猝死，飛機因此墜毀在杳無人煙的森林深處。幸運活下來的布萊恩，手邊只有一把媽媽在臨上飛機前送的一把手斧。他將如何面對森林中的兇禽猛獸，並在弱肉強食的荒野中存活下來呢？

五十四天的荒野求生，讓在城市中長大的布萊恩學會了生火、打獵與縫製皮衣的技巧。獨自面對恐懼與飢餓，讓他不得不學會獨立和勇敢，「大自然就是最好的導師」這句話果然不假。

金句：

... he learned the most important rule of survival, which was that feeling sorry for yourself didn't work.

相信這句名言絕對不只限於荒野求生。為了活下去，自怨自艾、感到委屈的情緒都不是必要的。唯有堅毅的求生意志，才能在種種艱困無比的環境中，獲得生存的契機！

1. If your plane crashed in the forest, what object would you hope to carry with you to survive?

2. What skill would you like to learn the most if you needed to stay in a forest alone for three days?

108 課綱 19 重大議題：品德、家庭、閱讀素養

Charlie and the Chocolate Factory

《巧克力冒險工廠》
作者：Roald Dahl
出版社：Penguin Group USA

Charlie and the Chocolate Factory《巧克力冒險工廠》中的威利·旺卡 (Willy Wonka) 擁有全世界最大的巧克力工廠。他將五張金彩券分別藏在一批外銷全世界的巧克力中，獲得金彩券的小朋友能夠帶著家人進入神秘的巧克力工廠參觀，並有機會成為巧克力工廠的主人。幸運的小男孩查理 (Charlie) 在最後一刻得到了金彩券，帶著家人進入巧克力工廠參觀。查理最終是否能通過層層的考驗與誘惑，成為最後的贏家？

在巧克力冒險工廠中，其他四位獲得金彩券的孩子分別是喜歡暴飲暴食的奧古斯圖 (Augustus)、嬌生慣養的富家千金薇露卡 (Veruca)、嚼口香糖冠軍薇拉 (Violet) 和電視兒童麥克 (Mike)。平凡的查理與這四位孩子相比，他更懂得珍惜所有、熱愛自己的家人。

羅德‧達爾的作品總是擁有豐富的想像力，卻又不失人生寓意。

金句：

So please, oh please, we beg, we pray,

Go throw your TV set away,

And in its place you can install

A lovely bookshelf on the wall.

Then fill the shelves with lots of books.

這是《巧克力冒險工廠》中，歐帕‧倫普斯人 (Oompa-Loompas) 對電視兒童麥克所唱的歌曲。羅德‧達爾在書中呼籲大家閱讀的重要性，不妨在擺放電視機的地方安裝個美麗的書櫃吧！

反思問題：

1. Being gluttonous, greedy, spoiled and lazy are examples of flaws mentioned in the book. What kinds of flaws do you have? How possible is it for you to overcome these flaws?

2. If you were the owner of the chocolate factory, what kind of chocolate candy would you make? What flavor would it be?

108 課綱 19 重大議題：性別平等、人權、品德、生命、家庭、生涯規劃、多元文化、閱讀素養

To All the Boys I've Loved Before
《愛的過去進行式》
作者：Jenny Han
出版社：Macmillan Children's Books UK

To All the Boys I've Loved Before《愛的過去進行式》中的女主角蘿菈珍 (Lara Jean) 是一個韓美混血的十六歲天真少女。每當暗戀的情愫滿溢，少女心噴發的她就會寫下一封封的情書，傾訴自己開不了口的心情。這些情書都被她珍藏在湖水綠的帽盒裡，從未寄出。但，有天這些祕密情書竟然莫名地被寄到暗戀對象的手裡，蘿菈珍的生活頓時從單純的幻想變成天翻地覆的混亂……。

校園愛情的懵懂與青澀，是身為高中老師的我在教學工作中認為十分有趣的一部分。看著班上男生用拙劣卻真誠的手法追求隔壁班的女生，十足讓我想起當年的我是否也是如此笨拙，心底總是默默的祈禱這些陽光大男孩不會受到傷害；班上女孩也常有公主情懷般的愛情幻想，憧憬著有天王子會騎著白馬來到她的心裡。或許，這些青少年對於愛情的憧憬與懵懂，能夠透過蘿菈珍的故事而得到些許的解答。

金句：

Love is scary: it changes; it can go away. That's the part of the risk. I don't want to be scared anymore.

在愛情裡總是裹足不前的蘿菈珍，總是害怕被愛情傷害。但若是繼續當個愛情中的駝鳥，她的幻想永遠不會成真。青春少女的愛情憧憬也只有勇敢踏出那一步才會成為現實，蘿菈珍的勇敢最終也為她贏來了初戀的滋味！

📝 反思問題：

1. If you could only choose either love or friendship, which would you like to choose, and why?
2. Would you dare to express your feelings to someone you have a crush on?

Love Simon: Simon vs. the Homo Sapiens Agenda
《西蒙和他的出櫃日誌》
作者：Becky Albertalli
出版社：UK Penguin

Love Simon: Simon vs. the Homo Sapiens Agenda 《西蒙和他的出櫃日誌》中的男主角西蒙 (Simon) 有個平凡的家庭，過著一般的高中

校園生活，只不過他有一個天大的祕密——他喜歡男生。有一天，學校部落格出現了一篇署名小藍 (Blue) 坦承自己不敢出櫃的文章，西蒙化身為雅各 (Jacques) 開始和小藍相互傾訴心情，但西蒙的祕密卻在愛情萌芽時被公開在網路上。莫名被出櫃的事件是否會影響西蒙與小藍這段剛萌芽的情愫呢？小藍又是否能走出暗櫃大方認愛？

與其說《西蒙和他的出櫃日誌》是一本描述同性愛情的小說，我們不妨將重點放在青少年在選擇出櫃與否時所表現出的猶豫與糾結。西蒙在被出櫃後，憤怒地和洩漏祕密的馬汀 (Martin) 說，出櫃這件事理應由他來決定時間、方式和對象。面對同儕的壓力與父母的期待，還好西蒙身旁有著愛護他的家人和好友，陪伴他一同面對祕密被揭開的處境。

 金句：

Why is straight the default? Everyone should have to declare one way or another, and it should be this big awkward thing whether you're straight, gay, bi, or whatever. I'm just saying.

為什麼異性戀不用出櫃？只有同志需要出櫃實在太不公平了。不管你是直男、同性戀或是雙性戀，每個人不是都應該用某種形式聲明一下自己的性向嗎？《西蒙和他的出櫃日誌》打破唯有同志需要出櫃的既定思考。2019 年臺灣向世界宣告同性婚姻的合法，彩虹旗飄揚的背後，我們還有許多需要努力的地方。藉由閱讀讓我們能夠體會青少年出櫃的心理壓力，得以一窺無數個西蒙的心裡世界。

反思問題：

1. How does social media affect Simon's life? How do you evaluate the influence of social media on people's lives?
2. If you were gay, would you come out of the closet or hide your sexual orientation?

Me Before You
《遇見你之前》
作者：Jojo Moyes
出版社：Penguin Classics USA

　　Me Before You《遇見你之前》中的威爾‧崔諾 (William Traynor) 是個成功的年輕企業家，一場大雨中的摩托車意外使得他全身癱瘓。此時，一個再平凡不過的開朗女孩露薏莎‧克拉克 (Louisa Clark) 來到他的生命中。只想盡早結束生命的威爾在露薏莎的照護下，漸漸找回對生活的一絲絲熱情。分屬不同世界的兩個人又會如何改變彼此的一生呢？

死亡是每個人生命旅程的終點站，但當一個人經歷生理及心理的巨大痛苦，他是否又能為自己的生命作主呢？安樂死是書中觸及的議題，威爾在書中選擇有尊嚴的離開，用另一種方式表達對露薏莎的愛，不希望身邊的人因為他而錯過生命中許多美好的人事物，那一種放手的愛淡化了死亡所帶來的哀愁。

 金句：

You only get one life. It's actually your duty to live it as fully as possible.

　　書中的威爾看著正值青春年華的露薏莎只過著眼前溫飽的生活，不敢嘗試活出自己的人生，於是告訴她，生命無法重來，你的義務就是竭盡所能地活得精采。人生無常，我們永遠不會知道下一秒會發生什麼突如其來的變化，我們所能把握的就只有當下。正值青春的孩子們，何不趁活著的每一刻愉快地面對人生？

📝 反思問題：

1. What's your attitude toward euthanasia? If you were Will, would you rather live in pain or end your life immediately?

2. Do you like the book's title *Me Before You*? Whom do the "me" and "you" refer to?

The Fault in Our Stars

《生命中的美好缺憾》

作者：John Green

出版社：UK Penguin

The Fault in Our Stars《生命中的美好缺憾》的女主角海瑟 (Hazel) 是個罹患甲狀腺癌末期的女孩。她的生命就像是顆不定時炸彈，她只想默默的離開，不想活在太多人的記憶中。在癌症支持團體中，海瑟遇見了奧古斯都 (Augustus)，一個因骨肉瘤而失去半條腿的開朗男孩。奧古斯都害怕死後被人遺忘，他希望在這世上留下他存在過的印記。

兩個隨時可能離開世間的青少年，彷彿兩顆星星碰撞，擦出愛情的火花。他們獲得精靈基金會的贊助前往阿姆斯特丹，拜訪作家彼得・范豪頓 (Peter Van Houten)，尋求《莊嚴的痛苦》一書的結局。海瑟與奧古斯都努力地活出生命的美好，但他們的故事似乎就如同這本小說的書名般，終究帶有一絲遺憾。

每每閱讀約翰・葛林 (John Green) 的作品，總是能讓讀者開始思考哲學般的人生習題。在《生命中的美好缺憾》中，青少年所嚮往的愛情卻同時面臨著死亡的威脅，這是大多數青少年不曾面對的處境。書中許多充滿哲理的對話都能促使讀者開始思索生命的意義。這本小說不只是篇浪漫愛情故事，更是本值得細細品味的作品。

金句：

I fell in love the way you fall asleep: slowly, and then all at once.

這句話充分表達出海瑟與奧古斯都的愛情。剛開始極為抗拒情感滋生的海瑟，卻也如同進入睡眠般的緩緩墜入情網。一開始很緩慢，最後便沉沉地陷入其中。兩人之間的愛情沒有轟轟烈烈的回憶，留下的是平淡與相知相惜的每一天。

📖 反思問題：

1. How does the book *An Imperial Affliction* affect Hazel's life? Why does Hazel want to meet Peter Van Houten?

2. What do you think about Peter Van Houten? Why does he feel the need to attend Augustus' funeral at the end?

Murder on the Orient Express

《東方快車謀殺案》

作者：Agatha Christie

出版社：HarperFiction UK

Murder on the Orient Express《東方快車謀殺案》中的白羅 (Poirot) 是個大名鼎鼎的偵探。在搭乘由伊斯坦堡返回法國的東方快車上，富商雷契特 (Ratchett) 離奇被刺殺 。列車上的十三名旅客每一個都有可能是殺人兇手，可是他們又同時擁有不在場的證明。如何解決這個謎團考驗著白羅的智慧，所謂的正義又該如何被伸張呢？

如果你喜歡偵探推理小說，你一定會喜歡《東方快車謀殺案》。作者阿嘉莎・克莉絲蒂 (Agatha Christie) 透過文字邀請讀者一起解開這個謎題。每一個證據都有可能推翻你心底以為的兇手，閱讀的過程彷彿經歷一場腦力激戰，而結局也往往出乎讀者的意料。

 金句：

The impossible could not have happened, therefore the impossible must be possible in spite of appearances.

不可能的事不可能已經發生，因此表面上看起來不可能的事情肯定有可能發生。你能夠和白羅神探一樣抽絲剝繭，解開這個神祕的謎團嗎？

反思問題：

1. Who did you think the murderer was during your reading?
2. Do you consider this murder an act of revenge or an act of justice?

108 課綱 19 重大議題：品德、生命、家庭、生涯規劃、多元文化、閱讀素養

Tuesdays with Morrie: An Old Man, a Young Man, and Life's Greatest Lesson
《最後十四堂星期二的課》
作者：Mitch Albom
出版社：Delta Publishing

Tuesdays with Morrie: An Old Man, a Young Man, and Life's Greatest Lesson《最後十四堂星期二的課》中的米奇 (Mitch) 在畢業多年後，偶然得知自己大學時最喜歡的教授墨瑞 (Morrie) 因罹患了漸凍症，生命所剩無幾。之後米奇每週二都會去探望墨瑞教授，墨瑞教授也利用自己的人生經驗帶領米奇擺脫社會世俗標準的枷鎖，重新省視自己的人生。

最後十四堂星期二的課沒有畢業典禮，結業的尾聲是一場喪禮。墨瑞教授選擇誠實地面對自己的死亡，在死前寬恕了自己，也寬恕了別人。他將自己所剩無幾的生命發揮得淋漓盡致。他用自己一生的故事教會世人如何面對人生。

金句：

The truth is, once you learn how to die, you learn how to live.

　　「學會死亡，你就學會活著。」這句話可說是貫穿全書的中心思想。當一個人能夠坦然面對死亡，相信他已經學會如何面對生活。不知道如果你的生命只剩下 24 小時，你會做什麼呢？墨瑞教授給了米奇一個出乎意料的回應，他說他會跳跳舞、與朋友聊聊天、吃著平常愛吃的東西，最後躺在床上直到睡著為止。或許平凡的一天就是一個人最大的幸福吧。

反思問題：

1. What disease was Morrie diagnosed with? How did Morrie respond to the disease?

2. Who is your mentor in your life? What do you learn from your mentor?

閱讀推廣

身為一個高中英文老師，為孩子建立一個英文圖書館，進而啟發孩子的閱讀樂趣一直是我的夢想。為了讓提升孩子廣泛閱讀的夢想得以實現，我在校積極推動廣泛的英文閱讀，並將閱讀融入於課程中。陸續開設了「繪本英閱會」、「英文橋梁書選讀」、「小說英閱聽」的閱讀推廣課程。因為深知英文廣泛閱讀推廣的艱難，我將我的閱讀推廣經驗整理成五個步驟，期許身為閱讀帶領者的各位能依照這套閱讀推廣的方式，讓更多的孩子受惠。

閱讀推廣步驟

1. 閱讀角落

為孩子擘劃一個英文繪本、橋梁書及小說的閱讀角落，對於孩子的英語學習有著關鍵性的影響。這是一個長期的計畫，你可以隨著孩子的英語學習階段一步一步的規劃，或是依照他們的語言程度去建置。這個英文繪本、橋梁書及原文小說角落可以是班級的閱讀角落、家中的書房，或是圖書館的英文專區。

我會建議將此書前面介紹的「經典繪本、橋梁書、小說書單」納入閱讀角落之中。這份書單中的書目涵蓋不同的題材類型，且深受國、高中孩子的喜愛。它可以構成一個初階的英文圖書館，讓廣泛閱讀得以推廣。

當然，你還必須有一個簡單明瞭的系統來分類這些藏書。一個健全的班級書櫃或圖書館館藏需包含不同類型的讀本，包括漫畫、繪本、橋梁書、小說與非小說，同時有著各式各樣的主題與類型，如校園、愛情、科幻、反烏托邦、偵探、勵志等。這些藏書需要滿足不同孩子的英文程度，讓孩子能夠在這座閱讀避風港中享受閱讀。

2. 閱讀處方

有了閱讀角落後，如何讓孩子願意去接觸這些書籍，恐怕是另一個讓人傷透腦筋的課題。孩子是否每天都要閱讀？孩子一天需要花多少時間閱讀？孩子需要讀多少本書？孩子閱讀的種類與主題又該是什麼？

其實這些問題並沒有個標準答案。最重要的是，我們需要培養孩子每天閱讀的習慣。每天至少 30 分鐘，這 30 分鐘可以是在學校早自習的晨間閱讀，也可以是家庭睡前的床頭閱讀。

閱讀書籍的本數則依照孩子的閱讀速度，多多益善。此外，閱讀也不能偏食，讓孩子接觸各式多元種類與題材的讀本，他們最終會找到自己喜歡的閱讀類型與主題。

3. 班級共讀

廣泛閱讀最好是從課堂上開始。我的許多學生在高中以前從未讀過一本真正的英文讀物。他們大多沉溺於網路的虛擬世界，對於閱讀毫無興趣。因此，在課堂中指定班級共讀書目，是讓孩子們愛上閱讀最務實的作法。

首先，挑選一本文字相對簡單，但有一定閱讀量的讀本。透過各式各樣的閱讀素養活動，如角色文字雲、角色日誌、角色情緒起伏圖、相關文本連結、書評創作等培養孩子的閱讀能力，讓閱讀變得有趣且簡單，孩子就會在我們的引導下慢慢走入文本的世界。所以，共讀可說是閱讀推廣中至關重要的一個環節。既然希望孩子培養終身閱讀的習慣，身為閱讀帶領者的我們又豈能置身事外？

4. 自選閱讀

在孩子發現閱讀的樂趣後，便可以開始從「班級共讀」走向「自選閱讀」，放手讓孩子選擇自己有興趣的題材，挑選一本適合自己英文程度的讀本。在挑選自選讀物時，要選一本不需查字典就可以閱讀的書籍，因為獨立閱讀的過程與感受必須是順暢的、愉悅的、有興趣的。一本合適的讀本有助於孩子提升閱讀信心與閱讀能力，涵養他們對於英文閱讀的興趣。此外，教科書與課外自選閱讀應該是相輔相成的，教科書所奠定的語言能力基礎是閱讀流暢性的關鍵。

5. 廣泛閱讀

當孩子找到了自己喜歡的閱讀題材，並學會選擇難度適當的讀物後，就可以和孩子討論閱讀目標，慢慢增加孩子的閱讀量，走向廣泛閱讀的階段。假如孩子一天能讀完一本繪本，或一個月能讀完一本橋梁書或小說，就可以適時的給予孩子鼓勵。這個鼓勵可以是繪本、橋梁書或原文小說的周邊商品，或是購書的基金或圖書禮券，讓逛書店成為孩子日常生活的一部分。

以我個人在教學現場的經驗來說，我會期許自己的高中學生三年內至少完成 15 本英文小說的閱讀。這可不是一個口號，必須是一個有計畫性的實踐。每個學期我會在閱讀課程中推廣一本英文小說，孩子能夠在老師的導讀下，三年內完成 6 本的英文小說。寒暑假期間，孩子則必須完成另外 9 本英文小說的課外閱讀。他們可以完全依照自己的興趣和喜歡的主題，挑選出適合自己的英文小說。

依循著這樣的規畫，三年下來所累積的閱讀果實必定豐碩厚實。而這豐碩的果實仰賴努力的耕耘，需要我們與孩子的共同努力。

閱讀分級

在許多英語閱讀推廣內容中，大多會不斷強調一個重要的閱讀概念──「選擇一本難易度適中的書籍」。然而，到底什麼樣的英文書籍適合孩子閱讀呢？在此，我要推薦「藍思閱讀分級」系統給大家。無論是繪本、橋梁書或小說，其實每本書籍都有不同的用字難易度。有些繪本用字之深，甚至連身為英文老師的我都得查字典才能完全讀懂呢！透過專業的閱讀分級制度，孩子能更精確的找到自己的閱讀舒適圈，讓閱讀成為「悅讀」。

藍思 (Lexile) 閱讀分級

「藍思閱讀分級」 是一套用來衡量學生閱讀能力 (Reader Ability) 和標識文章難易程度 (Text Readability) 的閱讀分級系統 。目前藍思閱讀分級已被廣泛運用在美國的各級學校，以提升學生閱讀能力。

不同於一般以年齡層區分的書籍推薦，藍思閱讀分級以分析單字出現頻率與句型長度為分級標準，能幫助讀者找到真正符合自己閱讀程度的英文書籍。這就好比到鞋店購買鞋子，假如清楚自己腳的大小，透過鞋店裡鞋子上標示的各種尺寸號碼，只需要選擇自己喜歡的款式，便可找到適合自己尺寸的鞋子。

藍思閱讀分級將讀者的閱讀理解能力和書籍的難易度用數字表示，範圍為 0～2000L。數字越小表示閱讀能力偏弱或書籍用字簡單，200L 以下又被視為不具備獨立閱讀能力，在此階段需要師長或家長陪伴共讀。

在使用藍思閱讀分級前，孩子需要先知道自己的閱讀理解能力。Scholastic Learning Zone 提供了一套檢測孩子閱讀理解能力的系統 Literacy Pro。孩子能透過縝密的線上閱讀分級測驗 LitPro Test 得知自己的藍思閱讀級數，之後便能依照自己的藍思級數找到適合自己的英文讀本。

舉例來說，若孩子的藍思級數是 800L，他的閱讀舒適圈就是將這個分數往下減 100L，往上加 50L，換言之，700L～850L 這個區間的書籍都是適合他閱讀的書籍，像是藍思級數為 790L 的《奇蹟男孩》(Wonder) 就非常適合。

建議在孩子養成閱讀習慣後，每兩個月做一次閱讀能力檢測。你會發現持續閱讀能夠幫助孩子的閱讀能力不斷進階，孩子的閱讀速度會越來越快，單字量經過閱讀的淬鍊不斷累積，英文的句型與文法也會持續內化，英文的語感便會在閱讀中不經意培養而成。

在 Lexile 的網站中可以找到每本書的藍思級數：https://fab.lexile.com/。而在此書最後的附錄中，我也整理出前面介紹的所有繪本、橋梁書及小說的藍思級數，讓各位更容易挑選出適合孩子閱讀程度的讀本。

藍思閱讀分級的密碼

運用藍思閱讀分級的網站查詢書籍時，有時候這些數值前面會出現一些英文代碼。像是繪本《野獸國》(Where the Wild Things Are)

的數值是 AD740，然而這個 AD 代表什麼意思呢？

原來藍思閱讀分級系統除了將書籍語言難易度以數值表示外，還幫讀者貼心的用七大類的英文代碼將書籍分類，讓我們能知道這本書籍的用途。像是繪本的藍思閱讀數值常常會見到 AD 的代碼，AD 代表需大人伴讀與引導 (Adult Directed)，意謂著這樣的書籍需要師長陪同學齡前孩童一起閱讀。BR 的代碼代表初級讀物，適合剛開始接觸英語學習的初階讀者 (Beginning Reader)。

HL 的代碼代表趣味性高 (high-interest) 但閱讀難度低 (low-readability) 的書籍。這類型的書籍通常趣味性及內容深度都能滿足青少年的口味，非常適合臺灣的高中生。畢竟他們的心智年齡已較成熟，但英文閱讀能力還沒有同年齡的美國高中生來得好。像是《漢娜的遺言》(*Thirteen Reasons Why*)，這本語言難度相對簡單卻能夠深度探討青少年自殺的小說，就非常適合臺灣的高中學生。

👑 Lexile 中英代碼對照表

AD：Adult Directed	需要大人伴讀與引導的書籍。這類讀物一般都是繪本，適合家長陪同學齡前孩童一起閱讀，或是師長在課堂上帶著全班閱讀。
NC：Non-Conforming	非常規書籍，通常為適讀年齡低但語言難度高的書籍。這類讀物的語言難度一般超過了目標讀者的閱讀能力。適合閱讀能力高於平均水平的讀者閱讀。

HL：High-Low	趣味性高、適讀年齡高但語言難度低的書籍。適合較高年級但閱讀能力較低的學生。
IG：Illustrated Guide	圖解指南。一般是百科全書或工具書。
GN：Graphic Novel	漫畫、圖像小說。
BR：Beginning Reader	適合初階讀者的讀物。
NP：Non-Prose	非文章形式的文本，也就是指文本中大部分文字非使用一般語法或缺少標點符號，如劇本、詩歌、歌詞或食譜。此類書籍無法評定藍思等級。

（資料來源：https://lexile.com/parents-students/find-books-at-the-right-level/about-lexile-text-codes/）

分級閱讀的必要性

　　目前臺灣的英文教學是一本教科書適用全年段的孩子，這是一個顧及升學考試和統一進度妥協下的作法。一般而言，臺灣的孩子在歷經國小到國中的英文學習階段後，他的英文閱讀能力大概等同於一個美國小學三年級的孩童。再加上高中三年英文課程的淬鍊，他的英文閱讀能力大概等同於一個美國小學六年級的孩童。其實以外語學習來說，小學六年級孩童的語言能力已經算是精通一種語言了。

臺美學生英文閱讀能力對照表

藍思閱讀分級	美國學生年段	臺灣學生年段
0〜400L	幼稚園〜小學一年級	國小〜國中七年級
350L〜500L	小學二年級	國中八年級
450L〜700L	小學三年級	國中九年級
650L〜800L	小學四年級	高中一年級
750L〜900L	小學五年級	高中二年級
850L〜1000L	小學六年級	高中三年級
950L〜1190L	中學階段	大學英文系

（資料來源：http://www.toefl.com.tw/junior/about_Lexile.jsp 、
http://www.toeflprimary.com.tw/about-lexile.html 、
https://www.ets.org/toefl_junior/prepare 、
https://hub.lexile.com/lexile-grade-level-charts）

　　然而，單純仰賴一本教科書的學習方式無法解決班級內學生英文學習的雙峰現象。對從小擁有許多英文學習資源的孩子來說，這樣的英文課程對他而言只是浪費時間。對更多缺乏語言刺激而程度落後的孩子來說，這樣的英文課程也無法幫助他跟上所謂的學習進度，反而對英文學習產生更多的無奈與嘆息。

　　透過閱讀分級，我們可以照顧到每個孩子對於英語學習的需求，廣泛閱讀更能夠補足傳統英文教科書無法給予孩子的閱讀廣度與視野。

閱讀分級的應用

　　將閱讀角落的概念搭配藍思閱讀分級系統，就能幫助孩子找到適合自己的英文讀物。

　　我們可以在班級書櫃、圖書館或是家中書房貼上臺美學生英文閱讀能力對照表，再用不同顏色的貼紙將這些書籍依年級分類。孩子到了這個英文繪本、橋梁書與小說的閱讀角落，只要依照自己的藍思閱讀級數，找到此數值的代表顏色，就可輕鬆挑選適合自己的英文讀物。一目了然又簡單的圖書分類，讓學校圖書館和家中的書房成為支持孩子英文閱讀的寶庫。

藍思級數查詢

閱讀認證

在孩子開始翻閱這些英文書籍後，我們該如何確認孩子是否確實讀完這些英文書籍呢？這時，就會需要一套閱讀認證系統來確認孩子對於英文讀本的閱讀理解。透過一些簡單的評量測驗，孩子就可以檢視自己是否讀懂故事的來龍去脈、理解故事角色的內心世界，以及劇情的高潮起伏。

像是閱讀馬拉松和閱讀護照這樣的閱讀推廣活動，也都需要閱讀認證系統的支持。閱讀認證就有如護照上的戳章一樣，孩子每讀完一本英文書籍，就有如到過一個國家旅遊，並獲得認證的肯定。這樣的認證機制某方面也強化孩子持續閱讀的動力。

然而閱讀認證是無法靠單一老師或家長就可以實施的，因為認證系統需要為不同的書籍量身訂做評量測驗。建議直接使用前面提過的 Literacy Pro，這套系統除了可以檢視自己的閱讀分級、依程度及興趣推薦適合的書單，還提供線上試題檢測與閱讀認證，讓孩子每讀完一本書，就可以上系統進行該書的閱讀測驗，評估閱讀成效。

Literacy Pro 閱讀認證

Literacy Pro 中針對每本英文書籍設計了閱讀測驗的題庫。透過 LitPro Quiz 的十題閱讀測驗，孩子可以檢視自己對於該書籍的閱讀理解。如果測驗結果達 80 分以上，還可獲得該本書籍的閱讀認證獎狀。

同時，Literacy Pro 也提供老師和家長多元的評估報告，可以藉此設定孩子的閱讀成長目標、規劃教學的方向，以便額外輔導程度落後的孩子，並給予程度較佳的孩子適當的閱讀挑戰。Literacy Pro 能夠追蹤並記錄孩子的學習曲線，相信透過這套閱讀認證系統，我們能讓閱讀成為孩子的一種習慣。

Literacy Pro 官網

擁有了一套良好的閱讀認證系統後，我們就可以著手翻轉學校的閱讀風氣。要帶動學校的閱讀風氣，校園內必須要有一座健全的圖書館。圖書館就有如學校的知識寶庫，有著豐富的館藏，是孩子們閱讀的避風港。而身兼閱讀推手的教師就是孩子閱讀的領航員，引領孩子走向閱讀的世界，舉凡閱讀馬拉松、閱讀護照、讀書會和與作家有約等閱讀推廣活動都非常適合在校舉辦。

閱讀馬拉松

如果說馬拉松是一個考驗體力與耐力的競賽活動，那麼閱讀馬拉松就是考驗孩子能否持續閱讀的一場閱讀競賽。閱讀馬拉松的規則是在規定時間內，看誰能夠讀最多的讀本。

以我在校開設的「小說英閱聽」課程而言，每位孩子在一個學期內需要跑完一場全長為藍思閱讀分級 2000L 的閱讀馬拉松競賽。我會將班級的佈告欄設計成閱讀馬拉松的賽道。孩子每完成一本讀本，通過閱讀認證，便可將自己的人物圖像往前移動。這場競賽採每週統計，競賽式的閱讀活動能夠激發孩子的閱讀慾望，閱讀氛圍自然能感染班級內的每一個孩子。

學期間，有位孩子在看到他的同學突然移動了 800L，彷彿激發了他閱讀的潛能，自此立志當個文青。據他所言，他可是連睡覺都抱著英文小說睡呢！一個學期下來他看了五本英文小說，完成了

3620L 的馬拉松賽程，整整比原先目標多出了 1620L。平均一個月一本的速度正是我們希望孩子能夠完成的廣泛閱讀目標。

閱讀護照

　　閱讀護照就像是在玩收集寶可夢的遊戲，孩子可透過閱讀護照將學習的歷程記錄下來。而在推動閱讀護照時，有四點值得擔任閱讀推手的教師留意。

1. 閱讀護照需在學期初發放，並建立一套良好的獎勵機制。

2. 準備一份健全的推薦書單。孩子多半不知道自己該讀什麼書或喜歡什麼書，因此推薦書單成為他們是否會愛上閱讀的關鍵。據我的經驗，大多數的孩子會從推薦書單中選出他們人生中的第一本英文讀物。可參考本書前面介紹的經典繪本、橋梁書及小說書單，這份書單就是我針對臺灣的中學生而設計的。

3. 閱讀認證的機制扮演著閱讀護照是否公允的重要角色。只要孩子通過 LitPro Quiz 的測驗，超過 80 分即可獲得該書籍的認證。一套公平的閱讀認證系統讓閱讀戳章有了公信力，也不會產生認證氾濫的疑慮。

4. 在學期結束進行閱讀護照的結算時，學校可以頒發圖書禮券鼓勵熱衷閱讀的孩子，並可邀請這些愛讀書人擔任讀書會的說書人，分享自己喜歡的一本書。

讀書會

讀書會是由一群愛閱讀的學生聚集在一起，形成一個互動式的學習環境。通常讀書會中有領導人、組織者和參與者這三種角色。在校內通常是由閱讀推廣教師擔任讀書會的組織者，負責選擇共讀書目、招募成員和安排聚會。領導人則是每次讀書會的靈魂，帶領大家進行討論與對話。

建議老師擔任第一次讀書會的領導人作為示範，接著由具有領導能力的孩子分別擔任各次讀書會的領導者。好的讀書會領導人會讓成員們有參與感，願意分享自己的觀點。而參與者在讀書會中也非常重要，如果沒有參與者貢獻想法，讀書會便無法產生對話，恐成為領導人的一言堂，也失去讓學生彼此交流閱讀心得的目的。

讀書會又可分成三種類型，共讀、分讀和各讀。共讀是指成員們一起看同一本書，進度一致，讀完可以共同討論。因為大家都讀過同一個範圍，討論通常格外激烈。但共讀的缺點在於進度緩慢，可能要三個月才能讀完一本英文小說。

分讀則是將一本書籍分為幾個部分，由讀書會成員分別閱讀。這樣的方式能夠減輕閱讀的負擔，但缺點就是每個人都只能讀到書本部分的章節，只能透過他人的詮釋來理解故事的全貌。

各讀是指每個成員各讀一本書籍，彼此分享故事大綱和閱讀心得。各讀讓成員們在短時間內能夠認識許多經典名著，但由於心得分享是來自各成員的閱讀詮釋，很可能會讓其他參與者失去對那本書籍的客觀判斷。

以我在校推行的英文小說讀書會為例，成員盡量不超過 10 人，每週進行一次，一次 60 分鐘，採取共讀方式。小組成員會輪流擔任讀書會領導人，以一個學期完成一本小說為目標進行。在讀書會時，別忘了放下自己的教師身分，採取與孩子平等的視角進行對話。

你會發現在讀書會中，孩子們不但讀了好書，也學習到了聆聽、表達、思辨與提問的技巧。這些深度閱讀與討論後的豁然開朗，便是讀書會的樂趣所在，讀書會也能因而成為孩子在閱讀過程中最溫暖的支持團體。

與作家有約

在《生命中的美好缺憾》(*The Fault in Our Stars*) 一書中有一個這樣的橋段，海瑟遠赴荷蘭想要與她一生摯愛的作家彼得·萬豪頓相見。或許我們難以想像一個癌末的青少年竟然願意花掉自己唯一一次獲得贊助金的機會去見一個作家，但從這個故事中我們足以知道一個好作家的作品是多麼充滿魅力。雖然這僅是一部虛構的小說，然而在現實生活中，與作家面對面的交流，不但能讓孩子認識這個作家的作品，更可以知道作家寫作的初衷與作品背後的故事。

建議學校在舉辦與作家有約的活動時，在活動前一個月優先導讀該作家的作品，並鼓勵學生提前完成全書的閱讀。活動開始前可發提問單，讓有興趣的學生提問，活動結束後也可舉辦與作家合影或簽書會的活動。一個文學小種子的萌芽需要許多細心的灌溉，與作家有約或許就是一個文學家夢想的起點呢！

第 2 章

閱讀實戰篇

閱讀實戰篇從一個英文老師的角度出發，與老師及家長分享如何從閱讀中學習英文，培養英文閱讀素養。這是一個英文老師深耕閱讀教學十年的結晶。

從閱讀素養活動、閱讀策略，以及繪本和小說的教案分享中，各位將發現英文教學不只是教單字、句型和文法，而是透過結合聽、說、讀、寫的閱讀活動培養孩子使用英文的能力，教會孩子獨立思考，跳脫過往語言學習的框架。期許有更多這樣的英文教學發生在臺灣的每一個角落，讓孩子成為主動的英語閱讀者，在道地的英語世界裡闖蕩。

閱讀素養活動

不是丟一本書給孩子，他們就會學會閱讀。如何帶領孩子走進書本的世界，需要老師和家長的巧思。在我的教學生涯中，我曾試過無數的閱讀活動來培養孩子的閱讀能力，並設計了各式繪本學習單及多元的小說素養教案。接下來將教會大家如何使用這些閱讀活動，幫助孩子學習各種閱讀技巧，從文字中讀出作者的弦外之音，逐步培養孩子的閱讀素養。這些範例皆來自我的親身教學經驗，具備參考價值，必有助於帶領孩子踏上獨立閱讀之路。

繪本素養學習單適合學習意願較低落的孩子，讓他們先從繪本等圖像豐富且文字淺白的文本開始閱讀，建立孩子的自信與興趣。我自己在帶學生做英語繪本閱讀時，常使用閱讀架構圖 (graphic organizer) 搭配故事摘要，引導學生將文字內容具體化、圖像化，促進學生理解文本。結合劇情分析及故事脈絡整理的架構圖，有助於強化學生的邏輯架構，讓他們得以瞭解故事細節間的關聯性，是非常好的閱讀理解素材。

針對已擁有初階閱讀能力的孩子，我則準備了一系列適合用於進階長篇文本的小說閱讀活動，像是角色日誌、角色文字雲、角色印象、心情日記、角色情緒量表、角色臉書、OREO 論點、文學作品比較、角色分析、文學圈和小說書評等。

孩子們能透過這些閱讀活動更深入文本、學會分析角色。他們也得學習在文本中找尋線索，並運用圖表探討角色心情起伏。在我的閱讀課中，學生不會只做一名被動接收資訊的閱讀者，他們會走入書中，與文本互動，學習如何分析文本、與不同文學作品做比較。在學期末，他們更將與同儕共同討論一部作品，並完成一篇像樣的書評。

　　以下將以經典閱讀書單之中的七本繪本，作為繪本素養教學的分享，搭配故事脈絡的閱讀架構圖，將有助於學生對文本的理解及架構的掌握。

Where the Wild Things Are
《野獸國》

我在繪本教室這麼做
I.　共讀繪本——*Where the Wild Things Are*
II.　閱讀架構圖——Plot Diagram
III.　導讀與賞析
IV.　問題討論
V.　活動——Max's Emotions

II. 閱讀架構圖──Plot Diagram

在閱讀分析的架構圖中，其中最常被運用於故事分析上的就是**劇情分析圖 (Plot Diagram)**。劇情分析圖將故事劇情分為說明 (Exposition)、劇情鋪陳 (Rising action)、高潮 (Climax)、故事收尾 (Falling action) 和結局 (Resolution) 五個階段。此架構圖和中文作文「起、承、轉、合」的敘述技巧類似，也能使學生更容易理解故事劇情的發展脈絡。

此處將透過《野獸國》的劇情分析圖，讓讀者更瞭解阿奇在故事中的心境變化。

Rising Action
Event 1:
Max is so mad, and he shouts back, "I'LL EAT YOU UP!"
Event 2:
His mother sends him to bed without his dinner.
Event 3:
Max's imagination transforms his bedroom into an extraordinary setting. A forest begins to grow in Max's room and an ocean rushes by with a boat to take Max to the place where the Wild Things are.

Climax
Max tames the Wild Things and crowns himself as their king, and then the wild rumpus begins.

Falling Action
After Max sends the monster to bed, and everything is quiet, he starts to feel lonely.

Exposition
One night, Max dresses up in his wolf suit, and chases the dog. His mother scolds him and calls him a "WILD THING!"

Resolution
He finally realizes it's time to sail home to the place where someone loves him best of all.

III. 導讀與賞析

相信每個課堂上或家庭內，多少會發生與孩子劍拔弩張的時刻，孩子這時該如何面對憤怒、受挫或被誤解的負面情緒呢？《野獸國》中的小男孩阿奇 (Max) 來到野獸的國度，在野獸國中，那些張牙舞爪的野獸正是阿奇內心深處憤怒的寫照。然而透過幻想，阿奇成了野獸國的大王，也讓自己在現實世界中不得抒發的情緒得到了緩解和發洩，這趟海上之旅成為一種面對負面情緒的自我療癒。

不知你是否有發現在野獸的國度中，有一隻野獸和其他野獸長得不太一樣？它有著牛頭和兩根尖尖的犄角，以及其他野獸沒有的人類腳丫。封面上的它正閉著雙眼守護阿奇的帆船；在阿奇成為野獸國的大王時，就是它揹著阿奇狂歡；在阿奇孤單寂寞時，這隻牛頭野獸也陪在小男孩的身旁。或許，這隻牛頭野獸便是阿奇爸爸的化身，在一旁陪伴和守護阿奇的這趟冒險之旅，讓小小年紀的阿奇不會懼怕這些張牙舞爪的野獸，最後成功回到自己最溫暖的家。

然而野獸國裡的野獸形象從何而來呢？作者桑達克 (Sendak) 曾說這些野獸是他幼時親戚的形象。桑達克的父母是來自波蘭的猶太人，在一戰前夕移民至美國。桑達克曾說，小時候的他被這些來自波蘭的親戚嚇壞了，因為他們蓬頭垢面、全身毛茸茸，並有著嚇人的牙齒，他們會抱緊桑達克說：「你好可愛呀！真想把你吃掉！」當他在創作《野獸國》時，兒時親戚的形象便成為他創作時最好的養分。難怪這些野獸們長著尖嘴利牙，卻看起來肥胖憨厚，一點都不可怕。任誰都想不到這些野獸的原型竟然是桑達克最親愛的叔叔阿姨們。

《野獸國》的圖像編排也充分表現出桑達克的藝術天分。故事一開始是一張小小的插畫，畫面中是正在嬉鬧的阿奇，隨著被處罰的委屈、關禁閉的憤怒及想像力大爆發的旅程，讓繪本的插圖尺寸越來越大。當故事來到高潮，阿奇成為野獸國的大王時，三頁滿版的跨頁插畫引領讀者進入阿奇的幻想世界。而在阿奇感到孤單寂寞時，畫面又開始縮小，頗有風暴後的冷靜意味。故事最後回歸到原點，那份熱騰騰的餐點及撼動人心的留白，似乎是桑達克故意留給讀者反思的空間，桑達克天馬行空的想像和童趣的野獸造型，讓這本繪本一紅就是半個世紀。

IV. 問題討論

Q In *Where the Wild Things Are*, which character will you sympathize with? How does the author get reader's sympathy for this character?

A I think I will sympathize with the main character, Max. I think the author gets the readers' sympathy for this character by making his conflicts similar to those of many children living at home. For example, when I grew up, I also had conflicts with my mom like Max and his mother. I remember I've also locked myself in my tiny bedroom several times when I had quarrels with my mom. At that time, I wondered why my mom couldn't understand me. I vented out my anger by playing baseball in my room, dreaming of myself as a major-league baseball player. Therefore, I can fully understand Max's feeling of resentment. I think the feelings of weariness and loneliness must overwhelm Max after all the revelry. At the end of the story, Max goes back to the place where someone loves him best of all and appreciates the most important thing he left behind, the need to feel loved.

V. 活動——Max's Emotions

Max has different emotions in *Where the Wild Things Are*. Here are the six main events in the story. How do you think Max is feeling during each event? Write down the scene to describe each event. Draw the curve of his emotions, and tell us why you think so.

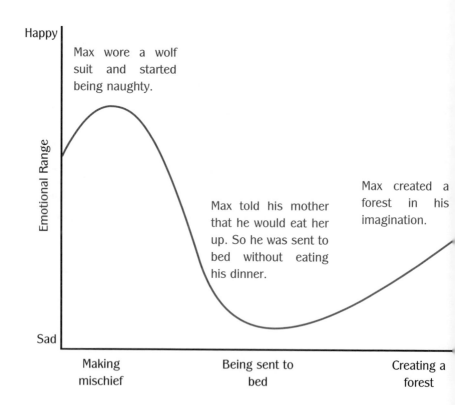

活動步驟：

1. 回想自己一整天的情緒變化，並和同學分享。

2. Max's Emotions 學習單上有六個場景，你覺得阿奇當下的情緒是什麼呢？畫出阿奇的情緒起伏，並寫下他喜怒哀樂背後的原因。

3. 每個情緒都有它形成的原因。你是如何面對自己的喜怒哀樂呢？

Max tamed all the Wild Things with a magic trick. He became the king and let the wild rumpus start.

Max sailed a private boat to where the Wild Things are.

Max was lonely and wanted to be where someone loved him most of all. Therefore, he gave up the throne and sailed back home. When he got back home, his supper was hot right on his table.

Sailing to the island

Having a rumpus

Going back home

Grandpa Green
《花園都記得》

我在繪本教室這麼做
I. 共讀繪本——*Grandpa Green*
II. 閱讀架構圖——Timeline
III. 導讀與賞析
IV. 問題討論
V. 活動——Grandpa Green's Memory Garden

II. 閱讀架構圖——Timeline

　　為了讓讀者更清楚故事發展的歷史脈絡，通常會以**時間軸 (Timeline)** 這種架構圖來呈現一連串事件的時間順序。透過線性圖表搭配事件發生的日期或年份，讀者將更容易瞭解時間演進與事件之間的相互關係。

　　此處以《花園都記得》中 Grandpa Green 的一生作為時間軸架構圖的主要題材，不僅描繪了 Grandpa Green 的生命軌跡，更刻劃出他與這座回憶花園間的動人情感。

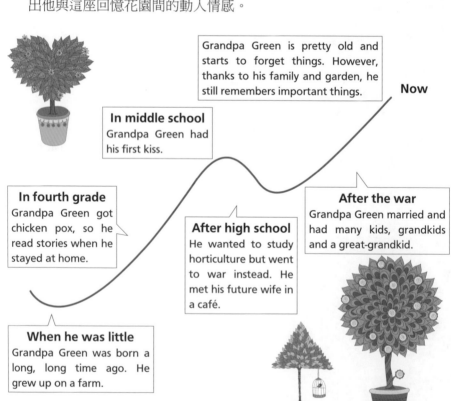

Grandpa Green is pretty old and starts to forget things. However, thanks to his family and garden, he still remembers important things.

Now

In middle school
Grandpa Green had his first kiss.

In fourth grade
Grandpa Green got chicken pox, so he read stories when he stayed at home.

After high school
He wanted to study horticulture but went to war instead. He met his future wife in a café.

After the war
Grandpa Green married and had many kids, grandkids and a great-grandkid.

When he was little
Grandpa Green was born a long, long time ago. He grew up on a farm.

III. 導讀與賞析

時下青少年在 Instagram 用照片和影片記錄著自己的生活，也串起了人與人之間的連結，滑動手指便可瀏覽他人的生活。《花園都記得》中的爺爺則是用一草一木記錄自己的人生。從兒時回憶到初戀滋味、從踏入戰場到兒孫滿堂，雖然記憶的載具與時下年輕人不同，但記憶所乘載的酸甜苦澀可是一點都沒少，少了數位化的照片和影像，花草樹木傳遞的是更樸實的生活點滴。

翻開這本書，就有如開啟爺爺祕密花園的大門。說故事的人不是爺爺，而是一個小男生，開心地和讀者訴說著爺爺的一生。在故事的尾聲，爺爺似乎因為年紀大了而出現了失智的徵兆。故事中的小男孩開始幫爺爺關起花園的水龍頭、撿起地上的鏟子、拿下小雞頭上的手套、撿起爺爺的眼鏡和草帽，小男孩拉著小拖車在花園閒逛，似乎要和爺爺說：「爺爺，我幫你把東西都拿回來囉！」透過這個充滿愛與回憶的花園，小男孩對爺爺的情感自然地流露在繪本的字裡行間。

這座花園就是祖孫倆共同的回憶，就如同我阿嬤家的廚房，那些鍋碗瓢盆和記憶中的老味道乘載了我與阿嬤的連結。雖然阿嬤早已離開，但沒有任何一家餐廳能夠取代阿嬤的廚房。就算嚐盡全世界的美食佳餚，都比不上阿嬤親手煎的那顆荷包蛋。

IV. 問題討論

Q Why does Grandpa Green sometimes forget things? What kind of problem do you think he faces?

A Grandpa Green probably suffers from dementia. People over the age of seventy are prone to have symptoms of dementia. Their memories start to degrade and they forget things easily. Thank God that the garden remembers all the important stuff for him.

活動步驟：

1. 爺爺的記憶花園裡有哪些樹木造型是你喜歡的呢？
2. 畫出 Grandpa Green's Memory Garden 學習單上的六個樹木造型。
3. 你覺得這些樹木造型在爺爺的生命中代表什麼回憶？
4. 你的生命中曾有一段珍貴的回憶嗎？畫下這段回憶可能的樹木造型，創造一個屬於自己的記憶花園。

V. 活動——Grandpa Green's Memory Garden

Grandpa Green creates a fantastic garden where memories are handed down in the fanciful shapes of topiary trees and imagination recreates things forgotten. Please draw these topiary trees and tell us what each topiary tree represents in Grandpa Green's life?

A baby	**A chicken and eggs**	**A middle school girl**
This topiary tree represents grandpa in his early childhood.	This topiary tree represents the farm where grandpa grew up.	This topiary tree represents grandpa's first kiss in middle school.

A parachute and a fighter plane	**A bride**	**An old man**
This topiary tree represents a world war which grandpa went to after high school.	This topiary tree represents grandpa's future wife (i.e. grandma) in a little café.	This topiary tree trimmed by his grandson is grandpa himself.

THE ADVENTURES OF

BeeKle

The Unimaginary Friend

Dan Santat

The Adventures of Beekle: The Unimaginary Friend
《皮可大冒險：想像不到的朋友》

我在繪本教室這麼做

II. 閱讀架構圖——Character Profile

一個故事的動人與否除了劇情張力及精采程度，角色的琢磨與營造更是不可或缺的影響因素。性格真實且立體的角色能引發讀者強烈的共鳴與愛好，一個獨具魅力的成功角色更能加深讀者對作品的印象。因此，在分析這種成功的角色形塑時，**角色檔案 (Character Profile)** 可說是解析角色性格的一大利器。

藉由角色背景資訊的整理，及角色在故事中碰到的難題、解決方法等分析，讓讀者更明瞭角色個性的轉折與成長。此處為《皮可大冒險：想像不到的朋友》中皮可的角色檔案。這篇只放了皮可在故事一開始所經歷的困境，教師們可以在設計表單時，請學生列出故事中皮可所有的情緒轉折處。

Who
An adorable, white doughy-looking imaginary friend. He will be named Beekle one day.

Where
He is born on a fantasy island where imaginary friends were created.

What
He and other imaginary friends are waiting to be imagined by a real child.

Conflict
What kind of problem did Beekle face?

When Beekle saw others chosen, and he was still left behind, he worried that he would never be picked.

Feeling
How did Beekle feel at that time?

Beekle felt sad and started to imagine what kept children from thinking of him.

Reaction
How did Beekle react?

Therefore, Beekle decided to set off on an incredible journey across the sea to find his perfect friend in a bustling city.

III. 導讀與賞析

《皮可大冒險：想像不到的朋友》是一本可以和孩子談論友誼、想像力、冒險和勇氣的繪本。翻開《皮可大冒險》的封面，映入眼簾的是藍底的蝴蝶頁，上面有著真實世界的小朋友和他們想像出的幻想朋友，唯獨這隻像極棉花糖的皮可 (Beekle) 是落單的，沒有人認領他。

當皮可決定不再等待，他坐上自製帆船航向陌生大海尋找真實世界的主人，這一步代表著多大的勇氣與決心呀！想像一下現實世界的我們，是不是喜歡躲在自己的舒適圈，反而喪失了面對未知的勇氣呢？然而，來到繁華都市的皮可卻發現，真實世界跟他的想像很不一樣，沒有小孩在吃蛋糕、沒人駐足聆聽地鐵站中悅耳的音樂，每個大人似乎都庸庸碌碌的過著一生。讓人不禁反思，長大成人後的我們是不是都失去了想像的本能？

還好，遊樂園中的小朋友還保有想像的能力。皮可也終於在這遇到了愛麗絲 (Alice)。愛麗絲是個喜歡畫畫的女生，她的畫中早已描繪出與皮可相見的一幕。此後他們決定相知相惜，一起完成許多別人都想像不到的壯舉。

封底的蝴蝶頁上，可以發現皮可不再落單，他開心的和愛麗絲握著自己的畫像。綜觀這一群奇異到超乎想像的幻想生物，皮可實在不是會令人特別注意的那隻，但他那憨厚的眼神、白白胖胖的身軀和那極不搭調的皇冠，實在討人喜歡。相信也因為這樣的單純和善良，皮可終於得到了愛麗絲的友誼。

IV. 問題討論

Q If you have an imaginary friend, what will he or she be like?

A My imaginary friend will share the same interests as me. My imaginary friend will be an easygoing, generous and open-minded person. He or she will accompany me whenever I face difficulties. When I feel depressed, my imaginary friend will give me encouragement and support. When I feel glad, my imaginary friend will share the joyful moment together with me. I will definitely do the same things for my imaginary friend as he or she does for me.

活動步驟：

1. 你曾有過想像中的朋友嗎？或是希望自己有位想像的朋友？在 Draw Your Imaginary Friend 學習單上畫出你的想像朋友，並寫下三個英文形容詞描述這位想像朋友的特質。

2. 寫一篇 100 字的短文來介紹你的想像朋友，比如為什麼會希望擁有這個想像朋友。

3. 上臺用英文與同學分享你的想像朋友。

V. 活動──Draw Your Imaginary Friend

What will your imaginary friend look like? Draw a picture of your imaginary friend in the space below. Then, list three adjectives to describe your imaginary friend.

1. friendly   2. tolerant   3. helpful

Please tell us why you want to have this imaginary friend.

I want to be Nobita Nobi, so I can have Doraemon as my friend too. In addition to his adorable appearance, Doraemon is so friendly that we seem to have known each other for a long time. He will know what I think, how I feel and what I want to say next. He will be tolerant of all my flaws. More importantly, Doraemon will always be helpful whenever I need help. For example, in his fourth-dimensional pocket, Anywhere Door can take me overseas or even to outer space. I don't believe anyone who doesn't want to have a friend like Doraemon.

A Sick Day for Amos McGee
《麥基先生請假的那一天》

我在繪本教室這麼做

II. 閱讀架構圖——Series of Events Chain

事件流程圖 (Series of Events Chain) 有點類似前面提到的時間軸 (Timeline)，將一連串事件的發展過程，按照時間階段或步驟依序列出，最終將導向一個特殊的結果。事件流程圖藉由故事情節的歸納與整理，不僅能讓孩子明白故事架構，也能熟悉時態的用法。

透過《麥基先生請假的那一天》的事件流程圖，我們更能捕捉到麥基先生與動物朋友間細水長流且溫馨動人的友情。

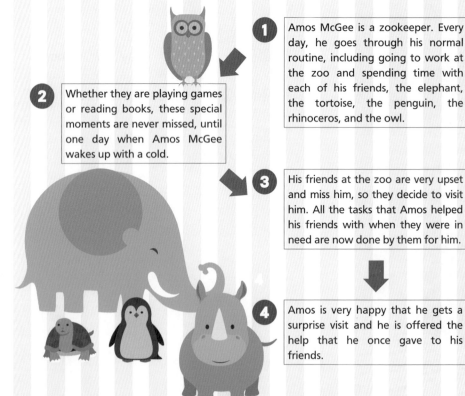

1 Amos McGee is a zookeeper. Every day, he goes through his normal routine, including going to work at the zoo and spending time with each of his friends, the elephant, the tortoise, the penguin, the rhinoceros, and the owl.

2 Whether they are playing games or reading books, these special moments are never missed, until one day when Amos McGee wakes up with a cold.

3 His friends at the zoo are very upset and miss him, so they decide to visit him. All the tasks that Amos helped his friends with when they were in need are now done by them for him.

4 Amos is very happy that he gets a surprise visit and he is offered the help that he once gave to his friends.

III. 導讀與賞析

　　想想你和朋友的友誼是如何維繫的呢？不就是那最單純、簡單的陪伴？陪伴不是那種轟轟烈烈的情感，而是一種療癒暖心的牽絆。故事中的麥基 (McGee) 先生和朋友間的情感正是建立在這種單純的陪伴上。平日，麥基先生會陪大象下棋（雖然大象總是需要思考很久）、和烏龜賽跑（善解人意的麥基先生總是讓烏龜贏得比賽）、安靜的陪伴害羞的企鵝、幫犀牛擦鼻涕、念故事給怕黑的貓頭鷹聽。當麥基先生生病時，這些好朋友們決定一起出走動物園，搭上五號公車，帶給麥基先生誠摯的關懷。

　　麥基先生和動物朋友間的情感流露在繪本的字裡行間。面對生病的麥基先生，換大象耐心的等待他思考、烏龜陪無法賽跑的麥基先生玩捉迷藏、企鵝在麥基先生休息時幫他暖腳、流著鼻涕的犀牛這次反過來幫麥基先生擦鼻涕、貓頭鷹念起故事給臥床的麥基先生聽。這些貼心的關懷是麥基先生最大的回報，溫暖的陪伴也帶給麥基先生康復的力量。

　　你是否有在故事中發現一顆貫穿全書的紅色氣球？這顆紅色的氣球可是充滿作者的巧思。一開始這顆氣球出現在公車裡，和麥基先生一起來到動物園中。當麥基先生生病時，這顆氣球彷彿引領著動物們一道出走，搭上探訪麥基先生的五號公車來到他家。「氣球」就像是動物們的「祈求」，祈求著牠們的好友麥基先生恢復健康。最後紅色氣球出現在窗外，彷彿告訴讀者它正飛往下一個需要被關懷的地方。

想想你生病時，是誰陪在你的身旁呢？安靜的陪伴其實就是一股強大的力量，彼此相互的關心更是人與人之間最好的黏著劑。不管是大人還是小孩，忙於工作與學業之餘，也別忘了花一點點時間與你的家人、朋友相處。

IV. 問題討論

Q Do you think it is possible for anyone to care for other people as Amos McGee cares for the animals? What kind of friend do you think Amos McGee is from your point of view?

A To be honest, sometimes we can be too self-centered to treat other people the way they deserve. For example, we might lose patience easily when it takes other people longer to make decisions. We might be very competitive and forget that everyone shall be treated equally. We might overlook our family's needs even though we have known them since we were born. Or, we can not act as good listeners when our friends need our company instead of advice. Amos McGee represents an ideal friend who we all long to be. In the story, Amos McGee pays careful attention to his animal friends. What he does for them might mean nothing to us, but that's exactly what his animal friends need. In return, the animals entertain Amos McGee, tuck him in, keep him warm, blow his nose and make tea for him when he is in need.

活動步驟：

1. 試著做一份麥基先生動物朋友的報告。
2. 上網查查這些動物朋友的小百科，並在 Animal Research 學習單內寫下他們的基本資料，比如名字、體重、食物和棲息地等等。
3. 調查完後，你會選擇哪一種動物當你的朋友呢?用英文與同學分享。

V. 活動——Animal Research

Write down the names of Amos's animal friends. Do some research about them. Tell us about their weight, diet, their average lifespan and their habitat.

Name: African elephant
Weight: 2.5 to 7 tons
Diet: roots, grasses, fruit, and bark
Average lifespan: up to 70 years
Habitat: throughout sub-Saharan Africa and the rain
 forests of Central and coastal East Africa

Name: Black rhinoceros
Weight: 1.7 to 3.1 tons
Diet: leafy plants, branches, shoots, thorny wood
 bushes, and fruit
Average lifespan: 35 to 50 years
Habitat: eastern and southern Africa

Name: Galápagos tortoise
Weight: 475 pounds
Diet: grass, leaves, and cactus
Average lifespan: 100 or more years
Habitat: Galápagos Islands

Name: Long-eared owl
Weight: 7.8–15.3 ounces
Diet: small mammals, rodents, birds, bats and
    lizards
Average lifespan: 11 years
Habitat: Europe, North America and northern Asia

Name: Chinstrap penguin
Weight: 6.6–11 pounds
Diet: small fish, krill, shrimp, and squid
Average lifespan: 15 to 20 years
Habitat: the South Orkney Islands, the South
        Sandwich Islands, the South Shetland
        Islands, and the continent of Antarctica

one **COoL** FRiend

New York Times
Bestseller

by
Toni Buzzeo

pictures by
David Small

One Cool Friend

我在繪本教室這麼做

II. 閱讀架構圖 —— Problem-solving Diagram

　　問題解決圖 (**Problem-solving Diagram**) 主要用來呈現單一問題的一種或多種解決方式。問題解決的圖表有多種呈現方式，除了如下圖的文字敘述，也能以類似金字塔結構的階層圖 (Hierarchy Diagram) 方式，建構出主概念下的多種次要主題及解決方式。

　　透過 *One Cool Friend* 裡艾利特準備在家中飼養企鵝所需克服的困難為主軸，帶孩子一起整理並分析出艾利特面對挑戰時，是如何一一找尋身邊的資源解決問題。

Setting

One day, Elliot's father brings him to the aquarium. Elliot becomes intrigued by the penguins, so he grabs the smallest penguin and decides to keep it as a pet.

Problem

How does Elliot keep the penguin at home?

Solution

· In Elliot's room, he turns the air conditioner down to its coldest setting.
· Elliot changes his wading pool into an ice rink.
· Elliot does some research at the library about penguins.
· He buys 8 bags of ice to cool down the penguin.
· They had anchovy flavor pizza and goldfish crackers.
· The penguin sleeps in the freezer.
· Elliot fills the bathtub full of cold water so the penguin can swim.

End Result

During the penguin's bath, Elliot's father walks in and is surprised to see a live penguin in the tub. However, he is not upset because Elliot's father has his own special pet, a real Galápagos tortoise.

III. 導讀與賞析

故事中博學多聞的爸爸其實就是個不折不扣的生物學家，他帶著艾利特 (Elliot) 到了水族館卻優游自在的翻閱著《國家地理雜誌》，放任艾利特在水族館裡四處閒逛。或許正是因為這種放任、給予孩子無限探索空間的教養方式，無形中培養了艾利特探究與實做的精神。在艾利特的家中，你會發現艾利特的爸爸就是達爾文不折不扣的粉絲，家中的牆壁上就掛著小獵犬號 (HMS Beagle) 的圖畫，當初達爾文便是搭乘著小獵犬號在世界各地進行探險和科學考察。

One Cool Friend 處處充滿著作者東妮・巴茲 (Toni Buzzeo) 的英式幽默。尤其艾利特小小年紀卻身穿端莊燕尾服的少年老成、正經八百的談吐及禮貌都不禁引人發噱。爸爸與艾利特的穿著一再暗示讀者故事的發展，而爸爸所養的庫克船長更為故事結局埋下最好的伏筆。艾利特與爸爸之間不願戳破彼此祕密的默契也讓結局真相大白時充滿出人意料的驚奇效果。或許就如同麥哲倫、庫克船長和達爾文這些大名鼎鼎的探險家一樣，他們也不斷的在現實世界中冒險與考察。

這也是一本可以和家長們談論教養的繪本。爸爸在家的一言一行都對艾利特產生潛移默化的影響，比方爸爸認真研究加拉巴哥象龜的科學精神，不正反映在艾利特對麥哲倫企鵝的狂熱上？繪本的封底問了大家一個問題：「當你碰到理想的寵物，你會怎麼做呢？」或許我們在飼養任何寵物前，都應仔細做好調查與研究，做足萬全準備，才能歡欣鼓舞的迎接新成員的到來。

IV. 問題討論

Q If you have a chance to keep a wild animal, what animal will you want to have? How will you take care of it?

A I will probably have a baby kangaroo. I will make a pouch in front of my belly with a blanket to keep the baby kangaroo warm and safe. My baby kangaroo will snuggle close to me when it falls asleep. I will also jump around with and play with my baby kangaroo in the park.

活動步驟：

1. 在 Draw Your Ideal Pet 學習單上畫出你的理想寵物。如果你沒有養寵物，畫下一種你想養的動物。

2. 寫一篇 100 字的短文，介紹寵物給大家認識，包括它的名字、外型、習慣……。

3. 上臺發表你的作品，並用英文與同學分享。

V. 活動——Draw Your Ideal Pet

What does your pet look like? Draw a picture of your pet in the space below. If you don't have one, draw an animal that you really want to keep.

Please introduce your pet to us:

My ideal pet is a male cheetah. He comes from eastern and southwestern Africa. He can run from 0 to 60 miles an hour in only three seconds! He weighs about 100 pounds. He drinks only once every three to four days. My cheetah is a very social animal and always enjoys my company as I can keep him calm. I love his spotted coat the most. I hope he can stay with me forever, not just for 10 to 12 years.

This Is Not My Hat
《這不是我的帽子》

我在繪本教室這麼做
I.   共讀繪本──*This Is Not My Hat*
II. 閱讀架構圖──Plot Diagram
III. 導讀與賞析
IV. 問題討論
V. 活動──Amazing Sea World

II. 閱讀架構圖——Plot Diagram

　　我們再次透過第一篇提到的劇情分析圖，解構《這不是我的帽子》故事中高潮迭起的劇情走向。其實藉由繪製這些架構圖的練習，不僅能促進學生對文意的理解與反思，更是鍛鍊英文寫作的好幫手。

　　在閱讀全書後，教師可引導學生擷取故事主旨，抓取關鍵訊息、刪除細節並歸納各段大意，再加入適當的轉折詞，使文字通順且流暢。這樣的訓練步驟，能增強學生簡短敘述能力，為日後的長篇寫作奠下基礎。

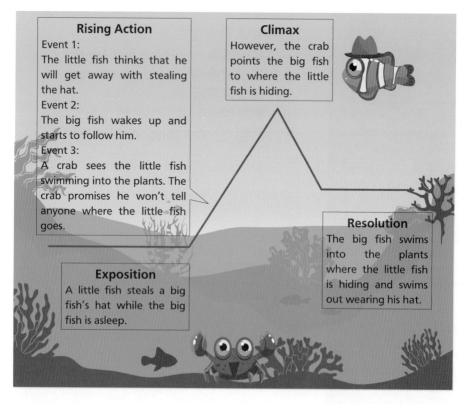

Rising Action
Event 1:
The little fish thinks that he will get away with stealing the hat.
Event 2:
The big fish wakes up and starts to follow him.
Event 3:
A crab sees the little fish swimming into the plants. The crab promises he won't tell anyone where the little fish goes.

Climax
However, the crab points the big fish to where the little fish is hiding.

Resolution
The big fish swims into the plants where the little fish is hiding and swims out wearing his hat.

Exposition
A little fish steals a big fish's hat while the big fish is asleep.

III. 導讀與賞析

黑漆漆的海底世界讓《這不是我的帽子》一書充滿著緊張和懸疑的氛圍。水草搖曳的海底有隻偷帽子的小魚，心虛的小魚眼神不停地飄移，充滿罪惡感的告訴讀者們：「我偷了頂帽子。」帽子的主人則是一條比牠大幾百倍的大魚。

繪本的文字採用小魚的第一人稱觀點敘事。只見小魚不斷合理化自己偷帽的行為，再加上認定螃蟹不會洩漏牠的行蹤，暗自慶幸著自己藏身濃密的水草叢中，牠所犯下的罪行根本不可能被揭發。繪本的圖畫則採用全知觀點，讓讀者得以用上帝的角度綜觀整個故事。其實讀者們透過圖畫也可知，大魚早知道牠的帽子不見了，而答應不「說」出小魚行蹤的螃蟹卻「指」出了小魚的蹤跡。作者庸·卡拉森 (Jon Klassen) 讓讀者扮演上帝，清楚知道故事的來龍去脈。大魚緊跟在小魚身後，小魚卻渾然不知，這種主觀認知和實際狀況的反差讓這本繪本讀起來充滿趣味。

故事的最後，大魚拿回了屬於自己的帽子，但小魚到哪去了呢？開放式的結局讓讀者有無限的想像，小魚難道是被大魚吃掉了嗎？還是小魚僥倖的逃脫了大魚的追捕呢？

作者庸·卡拉森出版了三本和帽子有關的繪本，我們常戲稱為「帽子三部曲」。首部曲《找回我的帽子》中，講述一隻大熊的帽子不見了，他費盡千辛萬苦把它找回來的過程。二部曲為《這不是我的帽子》，故事講述一隻小魚偷了大魚帽子的內心獨白，三部曲為《發現一頂帽子》，故事講述兩隻烏龜發現了一頂帽子，烏龜如何面對友誼和貪婪的取捨。庸‧卡拉森利用簡單輕鬆的文字和引人入勝的圖畫，讓讀者隨著故事情節的高低起伏時而緊張，時而疑惑，卻又不知不覺的愛上繪本。

IV. 問題討論

Q In most stories, if the narrator of a book is a character, he or she is usually the protagonist. In *This Is Not My Hat*, the narrator is the character that has done something wrong. Do you consider the little fish to be a protagonist or an antagonist?

A I think the little fish is an antagonist. *This Is Not My Hat* invites the readers into the mind of the tiny fish who cares nothing for his underwater friend. Jon Klassen takes the advantage of the dark side of the readers' nature. When we read the text, which is actually the little fish's monologue, we secretly hope the little fish won't be caught. We try to convince ourselves that the little fish deserves the hat more than the much bigger fish. We believe the little fish will succeed in his crime. After all, we often dream of having the power of antagonists in movies because we don't have it in real life. Jon Klassen gives us an opportunity to enjoy committing the crime while we are in the world of the story.

活動步驟：

1. Amazing Sea World 學習單介紹了 8 個海洋生物冷知識， 還提供 16 個常見的海洋生物英文單字。
2. 上網查詢這些海洋生物的小百科，選出三個生物，寫下三點關於他們的冷知識。
3. 將你收集到的這些關於海洋生物的科普冷知識，用英文向同學分享。

V. 活動——Amazing Sea World

Here are 8 surprising facts about sea creatures I bet you don't know:

1. Blue whales are the largest animal ever to have lived on sea or land.
2. Sea turtles probably do not like Antarctica. Except for there, they live on every other continent.
3. Dolphins are so clever that they sleep with one eye open and half their brain awake, to keep a watch for predators and threats.
4. The octopus has 3 hearts.
5. The heart of a shrimp can be found in its head.
6. In order to grind up food, some crabs have teeth in their stomachs.
7. Starfish live on the sea floor. Their eyes are located at the end of each arm.
8. Although blowfish are poisonous, their meat is considered as a delicacy in Japan.

Vocabulary about some common sea creatures:

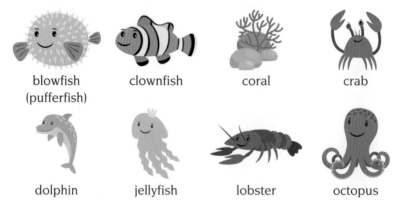

| blowfish (pufferfish) | clownfish | coral | crab |
| dolphin | jellyfish | lobster | octopus |

seahorse   stingray   sea turtle   shrimp

shark   squid   starfish   whale

Choose three of these sea creatures and write down three facts about them.

	1. Starfish are not fish. 2. Starfish can live up to 35 years. 3. Starfish can regenerate limbs and even their entire body.
	1. Male seahorses carry the eggs until they hatch. 2. They are only 0.6 to 14 inches long. 3. Seahorses are considered as the slowest fish in the ocean because of the tiny fin on their back.
	1. Jellyfish paralyze their prey before eating them. 2. Jellyfish bodies are mostly made of water. 3. Jellyfish have been around many millions of years, even earlier than dinosaurs appeared on the Earth.

Sam and Dave Dig a Hole
《一直一直往下挖》

我在繪本教室這麼做
I.　共讀繪本——*Sam and Dave Dig a Hole*
II.　閱讀架構圖——Cyclical Diagram
III.　導讀與賞析
IV.　問題討論
V.　活動——Lifetime Fishbone

II. 閱讀架構圖——Cyclical Diagram

循環圖 **(Cyclical Diagram)** 常用於描述單一事件發展的步驟及流程。適合用來呈現沒有特定起點及終點的循環性事件。

《一直一直往下挖》的故事架構剛好可以循環圖來表示兩個小男孩企圖挖掘寶藏，開展冒險故事的過程。若根據文字的敘事脈絡，故事的開頭與結束似乎應在同個地方。不過，讀了故事後恐怕會改觀，一切真如文字表面上如此單純嗎？

藉由故事最終啟人疑竇的開放性結尾，教師可帶領學生一起討論，最後到底發生了什麼事？我們又該如何理解作者的巧心安排，究竟想傳遞給我們什麼訊息？

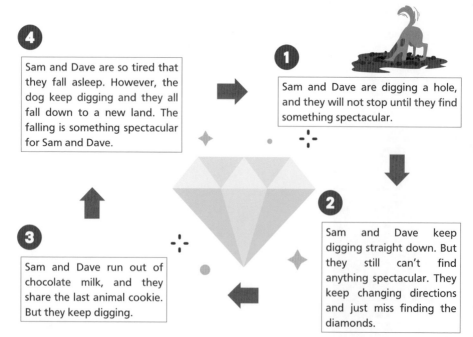

4

Sam and Dave are so tired that they fall asleep. However, the dog keep digging and they all fall down to a new land. The falling is something spectacular for Sam and Dave.

1

Sam and Dave are digging a hole, and they will not stop until they find something spectacular.

2

Sam and Dave keep digging straight down. But they still can't find anything spectacular. They keep changing directions and just miss finding the diamonds.

3

Sam and Dave run out of chocolate milk, and they share the last animal cookie. But they keep digging.

III. 導讀與賞析

　　人生就像是一個挖寶的過程，我們總希望挖到些奇妙的東西，但事實上，我們也常常需要做出取捨。或許這些選擇會讓我們與這些奇妙的東西失之交臂，但我們何嘗不是努力在生命中的每個當下做出一個最好的選擇。

　　讀者可能覺得可惜，山姆和大衛總是在快挖到鑽石的時候轉彎了。他們每次都看似做了錯誤的決定，但每一次的轉彎卻又離更大的鑽石更進一步，如果他們在挖寶的一開始就挖到小顆的鑽石，或許他們就會錯過遇見超大鑽石的機會。這麼看來，轉彎似乎不再是個錯誤的決定，山姆和大衛可是一直都沒有放棄向下挖掘的念頭，只是命運的造化讓他們空手而回！而人生的際遇何嘗不是如此，或許我們會思考何時要停手、何時要轉彎，但當我們盡了全力，無論我們是否得到了心目中想要的寶藏，就別再去埋怨任何一次的轉彎了。轉彎或許是為遇見生命更大的禮讚而準備，不是嗎？

　　《一直一直往下挖》給了讀者一個當上帝的權力，我們得以用「上帝觀點」去綜觀整個故事，而自以為當了上帝的我們是不是又被世俗的價值觀所左右呢？我們自以為山姆 (Sam) 和大衛 (Dave) 沒挖到鑽石，但這對哥倆好絲毫不知道他們錯過了寶藏，從天而降的驚喜反倒成為他們最大的寶藏。大人心目中的珍寶不一定是小孩的寶藏，或許你該問一問自己的孩子想要什麼寶藏？

　　故事中陪伴山姆和大衛的小狗可是一直都知道鑽石在哪，牠也一直試圖傳遞訊息給山姆和大衛，但他們卻埋頭苦幹的一直在挖，錯過了小狗溫馨的提醒。身為讀者的你有沒有錯過小狗要傳遞的訊息呢？如果哪天你也決定帶著小狗一起去做大事，就試著聽聽小狗的想法吧！故事中小狗可是有得到牠想要的骨頭喔。

IV. 問題討論

Q What happens at the end? How is the ending different from the beginning?

A At the end of the story, Sam and Dave walk into a house for chocolate milk and animal cookies. But this house is a little bit different from the house in the beginning. For example, the chicken weathervane's direction is different. The cat wears a different colored collar. Even the tree in the yard is different. We can see there is a pear tree at the end of the story, while an apple tree appeared in the yard in the beginning of the story. Sam and Dave seem not to notice that. Because of their lack of observation in daily life, Sam and Dave whimsically try to dig for treasure in the backyard. They possibly don't realize that maybe the biggest treasure lies in the ordinary objects in their everyday lives.

V. 活動——Lifetime Fishbone

Try to dig up the spectacular events in your life. Maybe someday, you will find out your life has been completely changed! Write down episodes from your memories in the fishbone diagram. Peak experience is on the upper side of the fishbone, and valley experience is on the lower side of the fishbone.

peak experience

When I was 5, my neighbor, Kevin, became my first friend.

When I was 9, I could ride my bike to school on my own.

valley experience

When I was 7, I was grounded for the first time because I didn't eat broccoli.

When I was 14, I failed my math final. I guessed I was just not a math person.

活動步驟：

1. 繪製你的生命故事魚骨圖，回憶生命中的幾個深刻且重要的事件。

2. 將正向成功經驗寫在魚骨上方，將負向挫折經驗寫在魚骨下方。

3. 用英文和大家分享自己的生命故事。

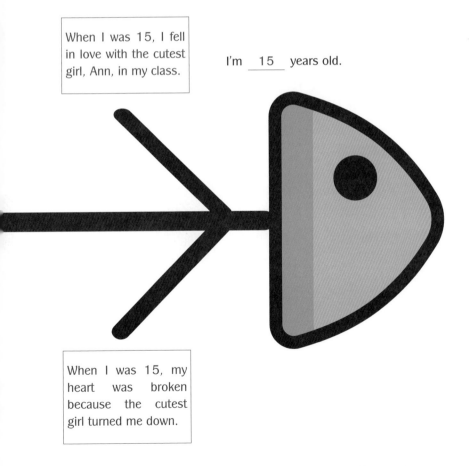

When I was 15, I fell in love with the cutest girl, Ann, in my class.

I'm ___15___ years old.

When I was 15, my heart was broken because the cutest girl turned me down.

閱讀策略

你有想過為什麼有些人總是猜得出故事結局？為什麼有些人閱讀後總是有獨特的見解?有些人甚至能夠透過閱讀反思自己的人生?

閱讀的行為看似簡單，但其實要成為一位高階的閱讀者，是有其策略和技巧的。有策略的讀者在閱讀的過程中，會不斷找尋線索，從蛛絲馬跡中預測故事的走向，運用想像力形塑故事場景和角色。他們會不斷自我提問，在書本中找到解答，並連結到個人的生命經驗，讓閱讀體驗昇華。他們總是能讀出作者的弦外之音，而非受限於文字的表象。透過這些閱讀思辨的過程，他們便成為擁有獨立思考能力的讀者。

閱讀策略 (reading strategies) 是閱讀理解的催化劑。我們可以藉由閱讀策略引導孩子培養閱讀素養，並藉由提問與討論的方式，和孩子一起分析文本，提升孩子的英語閱讀能力。

 閱讀策略一覽表

預測 (Predict)	預測可以在閱讀前或閱讀中進行。透過書名、插圖、關鍵字詞等線索,發揮聯想力預測故事情節的發展。預測讓讀者對於故事內容產生更強烈的好奇心。
視像化 (Visualize)	將故事角色、場景視像化能夠培養讀者的想像力,書中的文字也變得有趣。
自我提問 (Question)	閱讀時的自我提問能讓讀者成為一個主動的閱讀者,也能激發讀者的好奇心,是讀者能一直往下閱讀的動力。
連結 (Connect)	將文本連結到個人生命經驗、現實世界或其他文本,讓文本不再只是虛構的文字,可以和讀者產生更緊密的關聯。
找出關鍵資訊 (Identify)	找出故事中重要細節、確認作者所要表達的故事主旨,以釐清作者寫作用意,並加深對文本的理解。
推論 (Infer)	推論是讀者從文本中的線索合理推敲出文本的主旨,以及各個事件或人物間的關係。
思辨 (Evaluate)	在思辨的過程中,讀者必須將文本內化,運用自己價值觀,提出個人的想法。思辨也是批判思考的一種訓練,培養讀者成為一個擁有獨立思考能力的個體。

小說素養教學
教案示例

　　我們要如何將閱讀策略應用至閱讀素養教學活動之中？接下來我以 Wonder《奇蹟男孩》這本小說的閱讀活動教案來示範閱讀策略的應用，逐一介紹角色日誌、角色文字雲、角色印象、心情日記、角色情緒量表、角色臉書、OREO 論點、文學作品比較、角色分析、文學圈和小說書評等適用於長篇文本閱讀的素養活動。

| 角色日誌 |

閱讀策略：找出關鍵資訊

在故事中，每一個角色都帶有自身不同的個性與定位。學生在閱讀的過程中必須將不同角色的特質與舉動記錄下來，形成一篇屬於自己的角色日誌。角色日誌讓學生對小說中的角色有初步的認識，從文本中找尋線索、確認角色特質的練習，將奠定他們對小說中各角色的認知與理解。

 我在小說課上這麼做

範例說明	學生在閱讀《奇蹟男孩》第 1～34 頁後，透過角色日誌學習單，記錄下各個角色的行為與特質。
活動目的	初步認識、統整書中角色以加深對角色的理解。
使用方式	邊閱讀、邊記錄，形塑角色印象。
課堂應用	將全班分組，一個組別負責一個角色，組長統合組員完成該角色的日誌記錄，老師則適時整合學生不同觀點，協助學生刻劃角色，並藉由日誌記錄切入文本。

♦ **Character Log**

Find and write down each character's basic information, physical appearance or personality traits from Page 1 to 34 in *Wonder*, and draw a picture of each character.

August (also Auggie) · ten-year-old kid · *Star Wars* fan · had 27 surgeries because of a cleft palate · homeschooled until he was ten · friends in childhood: Christopher, Zachary, Alex	
	Jack Will · Auggie's classmate · stands up for Auggie on the school tour
Julian · Auggie's classmate · two-faced kid (one way in front of grown-ups and another way in front of kids) · dark hair · impolite, mean, and obnoxious	
	Charlotte · Auggie's classmate · blonde hair · nice and talkative · wears bright green Crocs

┃角色文字雲┃

閱讀策略：找出關鍵資訊、視像化

　　角色文字雲是透過學生的創意，將角色代表的特質以角色輪廓方式繪製。角色文字雲可以說是角色日誌的進階活動，再一次統整各角色的個性與特質。課堂中可以分組進行，讓各組別創作不同角色的文字雲。教師也可以藉由不同角色文字雲串起故事情節，讓學生對故事有更進一步的瞭解。

👑 我在小說課上這麼做

範例說明	透過角色文字雲能夠理解學生對特定角色的看法與印象。此外，創作文字雲的過程也讓學生能夠發揮創意，同時塑造角色形象。
活動目的	統整並加深對角色的認識。
使用方式	閱讀《奇蹟男孩》後，針對角色特質，使用大量形容詞創作角色輪廓。
課堂應用	將全班分組，各組別分別創作不同角色的文字雲，學生上臺用英文發表該角色特質，並使用文本舉例說明。

♦ Character Word Cloud

Who is your favorite character in *Wonder*? Come up with at least twenty personality traits for this character. Then, use these traits to create a word cloud protraying this character, or you may include a picture, image or symbol that you think can represent him or her.

kind / extraordinary / courageous / brave / calm / generous / joyful / caring / determined / peaceful / honorable / positive / smart / good-natured / admirable / high-minded / dependable / marvelous / humorous / witty

| 角色印象 |
閱讀策略：找出關鍵資訊、推論、思辨

　　臺詞是塑造角色的最佳利器，鮮明的臺詞創造出鮮明的角色。因此，學生必須擁有從文本中去認識角色的能力。在角色印象的閱讀素養活動中，學生必須找出角色的臺詞，藉此分析角色個性與其給讀者的形象。如何讀出文字的弦外之音，也是閱讀中非常重要的能力。

我在小說課上這麼做

範例說明	學生在閱讀《奇蹟男孩》第 17～34 頁後，針對不同角色臺詞，用自己的角度解讀該角色並在 Character Image 學習單上寫下對他的印象。
活動目的	培養學生分析角色及讀出文本背後意義的能力。
使用方式	在閱讀時，請學生針對不同角色臺詞畫線標記，並用自己的角度詮釋該角色。
課堂應用	將全班分組，先讓小組成員充分討論自己為何節錄該句臺詞，並針對不同角色選出一句代表臺詞上臺發表。老師可適時補充文本資料，強化學生對角色的刻劃。

◆ Character Image

Find a quote from each character and tell us about your first impression about him or her.

Character's Quote	Character's Image
# Mr. Tushman "No one calls me Mr. T. Though I have a feeling I'm called a lot of other things I don't know about. Let's face it, a name like mine is not so easy to live with, you know what I mean?" (pp.19–20)	He is understanding and empathetic.
# Charlotte "I was so, so nervous. I had so many lines, and I had all these songs to sing. It was so, so, so, so hard!" (p.27)	She is nice and talkative.
# Julian "What's the deal with your face? I mean, were you in a fire or something?" (p.29)	He is impolite and unkind.
# Jack Will "Julian's a jerk. But, dude, you're gonna have to talk." (p.30)	He stands up for Auggie and has a sense of justice.

︱心情日記︱

閱讀策略：預測、推論

　　在心情日記的閱讀素養活動中，學生必須揣摩書中角色，以該角色的觀點出發，寫一則屬於該角色的日記。透過揣摩角色心境，書寫角色心情，擬真角色日記就是一個培養學生觀察、同理的最佳工具。

 我在小說課上這麼做

範例說明	結合閱讀與寫作的心情日記素養活動，考驗學生文本解讀與文字書寫的能力。請學生在閱讀《奇蹟男孩》第 19～32 頁後，揣摩書中反派 Julian 的心情，書寫他與主角 Auggie 的第一次接觸。
活動目的	閱讀與寫作的綜合練習。
使用方式	在閱讀時，學生需針對書中反派角色 Julian 做深入剖析，並尋找文本線索。結合文本線索和自身想法，創作出一篇 Julian 的心情日記。
課堂應用	學生需在課前先閱讀文本，並從中尋找線索。與同組成員討論對於 Julian 的想法後，以 Julian 的第一人稱視角書寫心情日記。

◆ Julian's Diary

Imagine yourself as Julian and record the day when you gave Auggie a tour of the school in your diary. Try to find the details in the book and express your thoughts and feelings. Remember to use the past tense.

Dear Diary,

Mr. Tushman asked Jack Will, Charlotte and me to take a guy named Auggie on a tour of the school today. When I saw this freak, I was freaking out. I'd never seen such a terrible face like that in my life. He was totally like Darth Sidious in *Star Wars*. His face must have been burned in a fire. In addition, he was very arrogant. Why did he think he was smart enough to take the science elective since he had never attended school before? I am going to tell Miles and Henry about this guy. Maybe it's time to let him know who we are.

|角色情緒量表 |

閱讀策略：視像化、推論

在情緒量表的閱讀素養活動中，學生必須使用長條圖畫出主角 Auggie 的喜怒哀樂，結合臺詞、重要事件、故事情節來揣摩 Auggie 在萬聖節當天的心情。我的學生都對閱讀後的圖表創作感到非常新鮮，利用情緒量表，他們便能一窺 Auggie 的內心世界。

 我在小說課上這麼做

範例說明	閱讀《奇蹟男孩》第 76〜80 頁，剖析主角 Auggie 在萬聖節當天的心情起伏。試著找出 Auggie 心情起伏的原因，並繪製 Auggie 的情緒量表。
活動目的	閱讀結合圖表繪製與寫作的綜合練習。
使用方式	針對 Auggie 在萬聖節當天所遭遇的四大事件，揣摩他的心情變化並寫出原因。
課堂應用	將全班分組，小組成員經過討論後將角色情緒量表繪製在小組海報上，並上臺用英文發表。

◆ Auggie's Emotional Range

Auggie's emotion went up and down on Halloween.

Tell us how Auggie felt about each of these events and draw the emotional range.

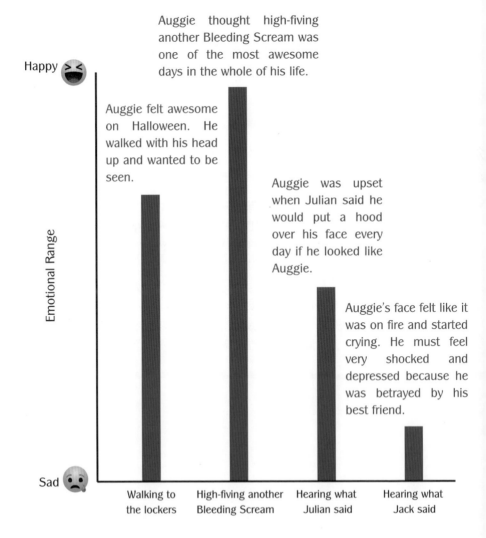

Auggie thought high-fiving another Bleeding Scream was one of the most awesome days in the whole of his life.

Auggie felt awesome on Halloween. He walked with his head up and wanted to be seen.

Auggie was upset when Julian said he would put a hood over his face every day if he looked like Auggie.

Auggie's face felt like it was on fire and started crying. He must feel very shocked and depressed because he was betrayed by his best friend.

Happy

Emotional Range

Sad

| Walking to the lockers | High-fiving another Bleeding Scream | Hearing what Julian said | Hearing what Jack said |

| 角色臉書 |

閱讀策略：預測、視像化、推論

社群媒體是時下青少年流行的互動方式，設計角色臉書的閱讀素養活動讓學生不僅能學會時下流行的英文網路用語，同時針對故事情節，依據不同角色做出適當的回應。結合流行文化與英語學習的教學活動可是深受學生們的喜歡呢！

我在小說課上這麼做

範例說明	閱讀《奇蹟男孩》第 155～174 頁後，嘗試創作主角 Auggie 的臉書。學生能藉此活動重新認識 Auggie，並針對他與 Jack Will 和好的事件發展出與其他角色的關聯。
活動目的	探究故事中某一事件各角色的態度。
使用方式	在閱讀時，學生需針對 Auggie 與 Jack Will 和好的事件，設想各個角色的態度與反應，並以英文網路用語，模擬不同角色到主角 Auggie 的臉書上留言的情況。
課堂應用	將全班分組，各小組可創作不同角色的臉書頁面，並繪製成角色臉書海報，使用英文上臺發表。

The following is Auggie's post on social media. Assuming that you are one of his friends or a member of his family, what would be your comment on his post?

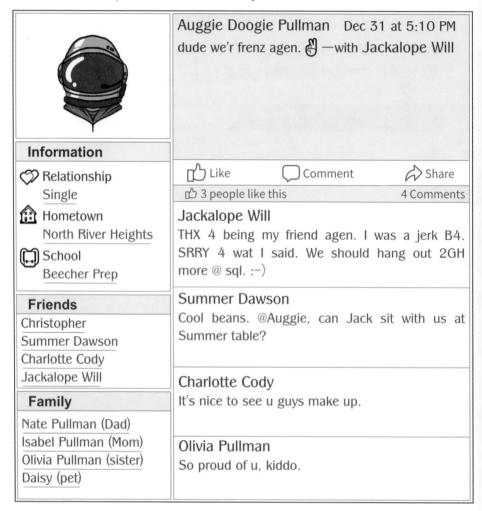

	Auggie Doogie Pullman Dec 31 at 5:10 PM dude we'r frenz agen. 🤘 —with Jackalope Will
Information ♡ Relationship 　Single 🏠 Hometown 　North River Heights 📱 School 　Beecher Prep	👍 Like　　　💬 Comment　　　↪ Share 👍 3 people like this　　　4 Comments
	Jackalope Will THX 4 being my friend agen. I was a jerk B4. SRRY 4 wat I said. We should hang out 2GH more @ sql. :-)
Friends Christopher Summer Dawson Charlotte Cody Jackalope Will	**Summer Dawson** Cool beans. @Auggie, can Jack sit with us at Summer table?
Family Nate Pullman (Dad) Isabel Pullman (Mom) Olivia Pullman (sister) Daisy (pet)	**Charlotte Cody** It's nice to see u guys make up. **Olivia Pullman** So proud of u, kiddo.

| OREO 論點 |

閱讀策略：推論、思辨

OREO 在這不是指 OREO 巧克力餅乾，學生必須利用四個步驟來解析一個角色人物。O 代表意見 (Opinion)，學生必須說出對於該角色的個人看法；R 代表原因 (Reason)，解釋個人看法的緣由；E 代表例子 (Example)，學生必須從小說中舉證說明，最後一個 O 同樣代表意見，總結以上資訊來闡述個人論點。OREO 論點讓閱讀走向寫作，從閱讀的輸入走向寫作的輸出，是內化新知的實際表現。

👑 我在小說課上這麼做

範例說明	閱讀《奇蹟男孩》第 175～185 頁後，使用 OREO 論點寫作表達對角色 Jack Will 的看法。學生須在消化文本後提出自己的論點，找尋線索舉例說明，並作出總結。
活動目的	從閱讀的輸入進階到寫作的輸出。
使用方式	閱讀文本後，針對角色 Jack Will 的作為作出評價。此練習旨在培養學生批判思考的閱讀素養，以找尋文本線索與舉例說明訓練學生文本識讀的能力，透過書寫讓學生心中想法得以延伸。
課堂應用	將全班分成每四人一組。小組成員先在組內討論，並將組內共識寫在大海報上。組內成員分別代表 O、R、E、O 的四個項目，上臺做英文口語報告。

◆ OREO Opinion

When you are writing a persuasive paragraph, the OREO method is a good way to state your opinion. Do you think Jack Will is a brave kid with a sense of justice? Use the OREO method to write down your opinion.

Opinion	Write a topic sentence to state your opinion.
Reason	Tell us why you think that way.
Examples	Give one to three examples as textual evidence and connect the examples with your reason.
Opinion	Restate your opinion in other words.

In my opinion, Jack Will is a brave kid with a sense of justice. He always has the courage to admit and correct his own mistakes.

At the beginning of the school year, he was asked to be friendly to Auggie. Meanwhile, he felt negative peer pressure from being Auggie's friend. From Jack's perspective, we know he is a normal kid like anyone else at Beecher Prep. He also wants to be popular among his classmates. At lunchtime, Jack admitted that he couldn't bring himself to sit with Auggie. He said he needed a little normal time to hang out with other kids. However, as soon as he learned Summer chose to sit with Auggie voluntarily instead of being asked by Mr. Tushman, he felt guilty and ashamed of himself.

In addition, we also know that Jack punched Julian because

Julian called Auggie a freak. Later, Jack was able to put himself in Auggie's shoes after being isolated by Julian and many other classmates. In spite of that, he still chose to follow his heart and be Auggie's friend.

In conclusion, I think Jack Will is a courageous and sympathetic kid with a sense of justice.

｜文學作品比較｜

閱讀策略：連結、推論

　　小說中經常引經據典，透過讀者對經典名著的印象，加深他們對於故事及人物的理解。比較不同文學作品中相互呼應的故事情節與人物安排，讓學生感受不同文本碰撞所產生的漣漪，學習賞析與品嚐文學的美好。

👑 我在小說課上這麼做

範例說明	《奇蹟男孩》第 205 頁，Auggie 的觀點引用了莎士比亞著名悲劇《哈姆雷特》中的名言。透過 YouTube 影片中《哈姆雷特》的簡介，學生對《哈姆雷特》的故事情節能有基本的認識，並藉由人物關係圖的練習，讓他們瞭解《哈姆雷特》中各角色間的連結。接著延伸《獅子王》與《哈姆雷特》的角色比較活動，帶領學生進入賞析和比較文學的層次。此練習將讓學生的閱讀進化到賞析階段，同時增進學生的文學涵養。
活動目的	文學作品認識和比較文學的初體驗。
使用方式	教師播放《哈姆雷特》的故事簡介影片，學生須辨識各角色間的關係，填入角色代號。接著，藉由大家童年的共同回憶《獅子王》卡通，讓學生重新認識這部受到《哈姆雷特》啟發的迪士尼動畫作品。學生必須比較《獅子王》與《哈姆雷特》角色的相同與相異之處。
課堂應用	將全班分組，小組成員討論《獅子王》與《哈姆雷特》角色的相同與相異，並上臺用英文發表。

◆ Character Relationship Chart

Auggie's second part in the story begins with a quote from Shakespeare's most famous tragedy — Hamlet. The following names are the main characters from Hamlet. Scan the QR code and watch the video. Try to find out their relationship by filling in the blanks in the chart.

▶ *Shakespeare's Hamlet Cliff Notes Summary*

A. Claudius	B. Gertrude	C. Horatio	D. Ghost of King Hamlet	E. Laertes
F. Ophelia	G. Polonius	H. Hamlet	I. Rosencrantz & Guildenstern	

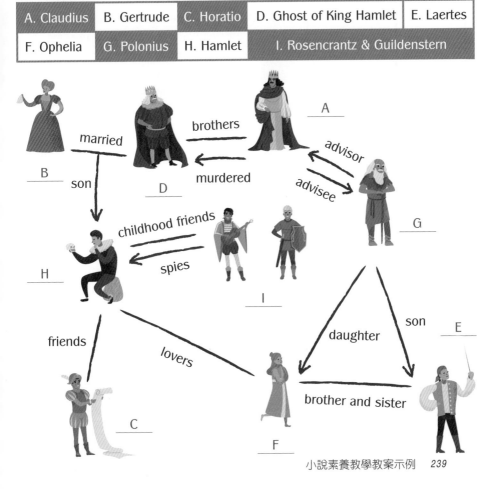

- **Character Comparison—*Hamlet* vs. *The Lion King***

  Did you know *The Lion King* was influenced by Shakespeare's play, the *Hamlet*? Try to identify the characters in *Hamlet* corresponding to those in *The Lion King*. Then, tell us the similarities and differences between the two characters.

The Lion King	Hamlet	Character Comparison (similarities / differences)
Simba	Hamlet	Similarity: Both of their fathers die, and their uncles want to become king. Difference: Simba has a happy ending in the story; however, Hamlet dies at the end of the play.
Mufasa	Ghost of King Hamlet	Similarity: Both of them reappear in the form of ghosts after death. Difference: Mufasa's ghost encourages Simba to claim his birthright to the throne and to be king, while King Hamlet's ghost urges Hamlet to take revenge on Claudius for murdering him.
Scar	Claudius	Similarity: Both of them kill their elder brothers and take the throne for themselves. Difference: Claudius marries Hamlet's mother, Gertrude, right away, but Scar doesn't marry Simba's mother in *The Lion King*.
Sarabi	Gertrude	Similarity: Both of them are the queens whose husbands, the kings, are murdered. Difference: Sarabi dares to question Scar's

		leadership, but Gertrude is obedient to Claudius' will.
Nala	Ophelia	Similarity: Both of them develop love relationships with the main characters in the books. Difference: Their romances end up differently. Nala encourages Simba claim the throne. In contrast, Ophelia goes insane and drowns herself after hearing of her father's death.
Zazu	Polonius	Similarity: Both of them are the loyal advisers of the antagonists in the books. Difference: They died in different ways. Zazu is imprisoned by Scar, but Polonius is killed by Hamlet.
Timon & Pumbaa	Horatio	Similarity: All of them are good friends of the main characters in the books. Difference: Timon and Pumbaa raise Simba, whereas Horatio is Hamlet's classmate in the college.
Hyenas	Rosencrantz & Guildenstern	Similarity: All of them are extremely opportunistic. Difference: The hyenas attack enemies for survival, while Rosencrantz and Guildenstern betray Hamlet in order to advance themselves.

┃角色分析┃

閱讀策略：自我提問、找出關鍵資訊、推論

在角色分析的活動中，學生以抽絲剝繭的方式，深度分析故事角色。如洋蔥般一層層檢視角色人物的內心，細數他們隨著故事情節發展而產生的改變、矛盾的情緒與內心的衝突。至此，學生對劇情及人物已有十足的掌握，他們已然成為一個進階的閱讀者。

 我在小說課上這麼做

範例說明	《奇蹟男孩》 的第 235～248 頁是由 Miranda 的視角敘事，內容涵蓋了 Miranda 的家庭狀況 、 與好友 Via 的友誼和她自己內心的衝突與矛盾。
活動目的	深度分析故事角色。
使用方式	閱讀《奇蹟男孩》第 235～248 頁 Miranda 的敘事觀點後，學生需藉由 Character Analysis 學習單上的四個問題深入剖析 Miranda 的內心世界 。 首先由客觀事實書寫 Miranda 的狀況，接著檢視她與好友 Via 的矛盾，再探討 Miranda 的改變，最後看她如何與好友 Via 重修舊好。
課堂應用	教師可使用分組學習中的拼圖法，小組成員分別負責四個題目中的其中一題。接著集合各小組負責同一題目的學生，形成「專家小組」討論他們共同負責的題目，之後再回到自己原來所屬的小組，和組員分享專家小組的討論結果。最後，以英文上臺分享。

◆ **Character Analysis**

Let's explore the world of Miranda. Answer the following four questions to know more about Miranda.

1. What do you know about Miranda?	2. What is Miranda's problem with Via?
Miranda really likes Auggie and treats him like a little brother. She calls him "Major Tom" and gave him an astronaut helmet. Miranda's parents got divorced the summer before she started ninth grade. Her former best friend was Via before she attended Faulkner High School. In high school, she hangs out with Ella most of the time and makes some new friends. Her boyfriend is Zack, a varsity jock.	After her parents' divorce, Miranda went to a summer camp. She started to play the make-believe game with the girls in the camp. She told them that she had a little brother who was deformed. These lies made Miranda super popular in the camp. Eventually, when she went home from the camp, she decided to align herself with Ella and alienate Via. The unspoken misunderstanding started growing between Miranda and Via, and they went their separate ways as a result.
3. What did Miranda change after going to the summer camp?	4. How did Miranda make up with Via?
Miranda changed her image after the summer camp. Her hair was cut in a super-cute bob. She also dyed her hair bright pink and started to wear tube tops. Not only did her appearance look different, her attitude toward Via changed a lot as well. She started to keep Via at	Via substituted for Miranda on opening night. After the show, when the Pullman family came to greet Via backstage, Miranda was very happy to see Auggie again after such a long time. Nate and Isabel asked Miranda about her sickness and kindly invited her to

a distance and treated her like a casual friend.

have a late-night dinner with them. As Miranda declined the invitation, Via came over and put her arm around Miranda. Via insisted that Miranda join their celebration. The two girls were finally reconciled with each other.

｜文學圈｜

閱讀策略：視像化、自我提問、連結、找出關鍵資訊、推論、思辨

　　文學圈的活動改變傳統老師講、學生聽的課堂教學模式，改以學生五到六人為一組的形式，透過不同的任務指派，對文本做更深入的討論與交流。教師在課堂上扮演討論的推手，從旁引導學生討論與思辨。這是一個以學生為主體的閱讀活動，學生能徹底發揮自己的創意與巧思，浸潤在閱讀的世界中。

👑 我在小說課上這麼做

範例說明	文學圈的主要角色有四個，分別是引導討論人、摘要者、生活連結者及金句發掘者。附加角色可依組員人數做調整，分別是調查員、單字擴充者、閱讀架構圖繪製者。學生透過不同任務的分配，以團體合作方式共同探究文本內容。
活動目的	學生閱讀能力已日趨成熟時，以學生為主體的閱讀素養展現。
使用方式	文學圈角色任務概要： 1. 引導討論人：設計問題帶領組員討論，通常由能力最強的學生所擔任。 2. 摘要者：使用英文做故事摘要，利用自己的話將文本故事濃縮與組員分享。 3. 生活連結者：將故事情節與個人生活經驗連結，透過經驗分享，學習同理。 4. 金句發掘者：找出文本中自己最有共鳴、覺得最有

	意義的佳句，並提供組員對佳句的見解與看法。 5. 調查員：負責補充文本背景知識，挖掘文本提及的各種元素，包含文化、音樂、歷史等。 6. 單字擴充者：挑選書中的生難字詞，並針對單字的發音、詞性、字義、搭配詞和慣用語與組員分享。 7. 閱讀架構圖繪製者：繪製故事情節圖、心智圖、時間軸、事件序等架構圖呈現故事情節、時空背景與故事後續發展。
課堂應用	將全班分組，教師分配組內成員不同文學圈角色任務，讓學生依照各自擔任的角色進行討論。教師在課堂上扮演學生討論的催化劑，適時解決學生討論時的盲點。

♦ Literature Circles

Read page 289–310. Work with your group members. Each of you has a role from those listed below. Follow the instructions for your role. Then, discuss the results of your tasks together and compete the chart.

Role A: Discussion Director Write down three questions to lead the discussion of these chapters.	Role B: Summarizer Use your own words to state the main event of these chapters.
1. Why did Nate throw away Auggie's helmet? 2. How did Auggie feel when he was walking toward the stage to receive the award? 3. What is the most touching moment for you in this chapter?	Auggie's dad drove him to the ceremony. Auggie was awarded the Henry Ward Beecher medal. Everyone started taking pictures of Auggie after the ceremony. He looked like a superstar. His mom told him he was a wonder.
Role C: Connector Based on your reading, try to connect situations in the story with your real life experience.	Role D: Passage Picker Choose some sentences that resonate with you.
In my high school, a student with special needs was given on an "overall academic excellence in the 12th grade" award. We all gave him a big round of applause because he had overcome all his difficulties. We also paid his mom our highest	(p.299) "It's what you've done with your time, how you've chosen to spend your days, and whom you have touched this year. That, to me, is the greatest measure of success." ——Mr. Tushman (p.304) "Courage. Kindness.

respects because she was his closest companion every single day. To us, both of them are wonders.

Friendship. Character. These are the qualities that define us as human beings, and propel us, on occasions, to greatness."

——Mr. Tushman

(p.310) "Thank you, Auggie," "For what?" "For everything you've given us," she said, "For coming into our lives. For being you."

——Auggie's Mom, Isabel

| 小說書評 |

閱讀策略：自我提問、連結、找出關鍵資訊、推論、思辨

　　書評宛如一本書的濃縮精華。為了勾起其他讀者閱讀的渴望，學生化身為一個評鑑者，公正地分析一本書籍的可看性與精采度，如同專業的說書人，不劇透故事情節卻又能交代故事發展。小說書評的閱讀素養活動可謂以上閱讀活動中最具挑戰性的一項延伸活動，學生將如實的點評該書，並給予名符其實的推薦星等。

👑 我在小說課上這麼做

範例說明	以簡短敘述介紹故事情節，結合閱讀和寫作的技巧寫出引人入勝的書評，藉此吸引還沒看過此書的讀者共同來閱讀這本好看的小說。
活動目的	統整閱讀全書後的心得筆記，並學習以專業的口吻寫下書評。
使用方式	在閱讀完《奇蹟男孩》小說後，學生須針對故事主旨、最愛的故事情節、有共鳴的佳句寫下自己的想法，並將書籍推薦給適合的人。藉此學習從「品書」到「評書」，並成為一個專業的書評家。
課堂應用	將個人書評製作成海報，並向其他班級的同學們推廣這本好看的小說。

◆ Book Review

After you finish the novel, try to write a book review like a professional book critic.

My Rating:

1. Introduce the book briefly. What are the themes in the book?

The main character of *Wonder* was a ten-year-old boy named Auggie. His facial deformities made it hard for him to connect with other people outside of his family. After Auggie started school, he faced many difficulties and overcame them along the way. *Wonder* is a book about family, courage, kindness, friendship, transition and tolerance of differences.

2. Whose point of view is missing in the book? Why do you think R. J. Palacio made such an arrangement?

There is no point of view from Julian in the book. Perhaps R. J. Palacio wanted the readers to "wonder" what Julian's motivation for bullying Auggie is and try to look at their relationship from a different perspective. Otherwise, there is no way to find out why R. J. Palacio didn't write a chapter for Julian in this book.

3. What is your favorite part in the book?

    Before Auggie went up to the podium to receive the Henry Ward Beecher medal, Jack led the chant and cried out, "Aug-gie! Aug-gie!" When I read this part, I was moved to tears and felt like I heard all of them cheering loudly for Auggie. It was marvelous that Auggie was finally accepted by his classmates in an honorable way.

4. Choose one sentence or scene that resonates with you, and explain why.

    "When given the choice between being right or being kind, choose kind." This sentence reminds me of *Les Misérables*. In the story, the bishop lied to the police officers and claimed that Jean Valjean had received the silverware as a gift from him instead of committing a crime. From then on, Jean Valjean turned over a new leaf and became a philanthropic person. I think this is a good example of choosing to be kind.

5. Who would you like to recommend this book to? For example, you can say, "If you like..., you will love this book," or "I would recommend this book to anyone who likes...."

    I would recommend this book to those who like inspiring stories, those who are facing difficulties in their lives, and those who expect themselves to make a difference.

附錄

｜ 經典繪本書單 ｜

No.	英文繪本	中文書名	類別	Lexile
1	Horrible Bear!	大壞熊！	認識最棒的自己	AD420L
2	Don't Leap, Larry!	小旅鼠向前衝！	認識最棒的自己	AD500L
3	Where the Wild Things Are	野獸國	認識最棒的自己	AD740L
4	Bob the Artist	大藝術家巴布	認識最棒的自己	
5	George and His Shadow	喬治與他的影子	認識最棒的自己	
6	Blackout	停電了！	親愛的家人	330L
7	Nana in the City	奶奶的城市	親愛的家人	AD360L
8	The Lines on Nana's Face	奶奶臉上的皺紋	親愛的家人	AD520L
9	Grandpa Green	花園都記得	親愛的家人	AD530L
10	Grandfather's Journey	外公的旅程	親愛的家人	AD650L
11	Hug Machine	我是抱抱機	友情與陪伴	AD330L
12	The Adventures of Beekle: The Unimaginary Friend	皮可大冒險：想像不到的朋友	友情與陪伴	AD480L
13	A Sick Day for Amos McGee	麥基先生請假的那一天	友情與陪伴	AD580L

14	Finding Winnie: The True Story of the World's Most Famous Bear	遇見維尼：全世界最有名小熊的真實故事	友情與陪伴	AD590L
15	One Cool Friend	一個很酷的朋友	友情與陪伴	AD620L
16	The Bear and the Piano	森林裡的鋼琴師	友情與陪伴	AD620L
17	We're All Wonders	我們都是奇蹟男孩	接納與包容	AD370L
18	Strictly No Elephants	不歡迎大象	接納與包容	AD490L
19	A Bad Case of Stripes	條紋事件糟糕啦！	接納與包容	AD610L
20	Grandad's Secret Giant	爺爺的神祕巨人	接納與包容	
21	Waiting for Pumpsie	等待潘普西 *	向楷模致敬	600L
22	Martin's Big Words: The Life of Dr. Martin Luther King, Jr.	我有一個夢 *	向楷模致敬	AD610L
23	On a Beam of Light: A Story of Albert Einstein	乘光飛翔：愛因斯坦的故事	向楷模致敬	AD680L
24	Emmanuel's Dream: The True Story of Emmanuel Ofosu Yeboah	艾曼紐的夢想 *	向楷模致敬	AD770L
25	Helen's Big World: The Life of Helen Keller	海倫・凱勒的心視界：海倫精采的一生	向楷模致敬	AD770L
26	So, You Want to Be President?	你想當總統嗎？	向楷模致敬	850L
27	This Is Not My Hat	這不是我的帽子	會心一笑	AD340L
28	Sam and Dave Dig a Hole	一直一直往下挖	會心一笑	450L
29	The Incredible Book Eating Boy	不可思議的吃書男孩	會心一笑	AD550L
30	The Cave	山洞裡的小不點	會心一笑	

◎註：* 為暫譯書名

| 經典橋梁書書單 |

No.	英文橋梁書	中文系列書名	類別	Lexile
1	Magic Tree House	神奇樹屋	奇幻冒險	380L～590L
2	Dragon Masters	馴龍大師 *	奇幻冒險	490L～580L
3	Junie B. Jones	朱尼・瓊斯 *	校園生活	330L～560L
4	My Weird School	我的瘋狂學校	校園生活	540L～700L
5	Fly Guy	蒼蠅小子 *	幽默有趣	270L～530L 主要區間為 370L～440L
6	The Bad Guys	壞蛋聯盟	幽默有趣	260L～560L 主要區間為 530L～560L
7	Class Goosebumps	雞皮疙瘩	恐怖驚悚	300L～650L
8	Eerie Elementary	怪誕小學 *	恐怖驚悚	430L～600L
9	A to Z Mysteries	字母謎團 *	偵探解謎	490L～660L
10	Dog Man	超狗神探	圖像小說	GN260L～GN550L
11	Captain Underpants	內褲超人	圖像小說	640L～890L
12	I Can Read	I Can Read 系列 *	分級讀本	30L～900L
13	Step Into Reading	Step Into Reading 系列 *	分級讀本	BR40L～890L
14	The Magic School Bus Discovery Set	魔法校車探索系列	科普閱讀	500L～700L
15	Disney Read-Along Storybook	迪士尼有聲故事書 *	動畫改編	AD480L～790L

◎註：* 為暫譯書名

| 經典小說書單 |

No.	英文小說	中文書名	類別	Lexile
1	Thirteen Reasons Why	漢娜的遺言	校園	HL550L
2	The Absolutely True Diary of a Part-Time Indian	一個印第安少年的超真實日記	校園	600L
3	Auggie & Me: Three Wonder Stories	奧吉與我：三個奇蹟故事 *	校園	680L
4	The Perks of Being a Wallflower	壁花男孩	校園	720L
5	Wonder	奇蹟男孩	校園	790L
6	Frindle	我們叫它粉靈豆	校園	830L
7	Holes	洞	奇幻	660L
8	The BFG	吹夢巨人	奇幻	720L
9	A Wrinkle in Time	時間的皺摺	奇幻	740L
10	Percy Jackson & the Olympians: The Lightning Thief	波西傑克森 1：神火之賊	奇幻	680L
11	The Giver	記憶傳承人	奇幻	760L
12	Bridge to Terabithia	通往泰瑞比西亞的橋	奇幻	810L
13	Matilda	瑪蒂達	奇幻	840L
14	Harry Potter and the Sorcerer's Stone	哈利波特 1：神祕的魔法石	奇幻	880L
15	The Miraculous Journey of Edward Tulane	愛德華的神奇旅行	溫馨	700L
16	Still Alice	我想念我自己	溫馨	860L
17	A Dog's Purpose	為了與你相遇	溫馨	970L
18	The Book Thief	偷書賊	歷史	730L
19	The Boy in the Striped Pajamas	穿條紋衣的男孩	歷史	1000L
20	Anne Frank: The Diary of a Young Girl	安妮的日記	歷史	1020L

21	Are You There God? It's Me, Margaret.	神啊，祢在嗎？	成長	570L
22	The Catcher in the Rye	麥田捕手	成長	790L
23	Hatchet	手斧男孩	成長	1020L
24	Charlie and the Chocolate Factory	巧克力冒險工廠	冒險	810L
25	To All the Boys I've Loved Before	愛的過去進行式	愛情	630L
26	Love Simon: Simon vs. the Homo Sapiens Agenda	西蒙和他的出櫃日誌	愛情	HL640L
27	Me Before You	遇見你之前	愛情	HL810L
28	The Fault in Our Stars	生命中的美好缺憾	愛情	850L
29	Murder on the Orient Express	東方快車謀殺案	懸疑	640L
30	Tuesdays with Morrie: An Old Man, a Young Man, and Life's Greatest Lesson	最後十四堂星期二的課	心靈	830L

◎註：＊為暫譯書名

Picture Credits

親子大手拉小手，跟著繪本快樂學英文

作者：李貞慧

全方位的英文繪本共讀指南，讓你知道如何
透過繪本提高孩子的英語好感度！

本書特色

★親子共讀英文繪本的 Why、What、How 一次解決：

Why　觀念篇解答你對英文繪本共讀的各種疑問。

What　實作篇介紹 125 本最能引發孩子學習興趣的英文繪本。

How　「跟著繪本學英文」針對每一本繪本提供英文學習重點，讓你知道如何讓孩子從繪本學習實用英文。「延伸活動」促進親子互動，增添共讀趣味並加強學習成效。「延伸閱讀」推薦相關好書，擴增英文閱讀量並豐富共讀時光。此外更提供英文繪本共讀的方法與祕訣，讓親子英文共讀更歡樂，並獨家收錄精采繪本內頁，解說繪本圖文巧思並提點共讀要領。

國家圖書館出版品預行編目資料

英文騎士團長：用繪本、橋梁書和小說打造孩子英語
閱讀素養／戴逸群著.——初版二刷.——臺北市：三
民，2020
　　面；　公分

ISBN 978-957-14-6803-7 （平裝）
1. 英語教學 2. 繪本 3. 學習方法

805.1　　　　　　　　　　　　　　109004554

英文騎士團長──用繪本、橋梁書和小說打造孩子英語閱讀素養

作　者	戴逸群
審　閱	Ian Fletcher
責任編輯	林芷安
美術編輯	陳惠卿
攝　影	張逸軒
發 行 人	劉振強
出 版 者	三民書局股份有限公司
地　址	臺北市復興北路 386 號 (復北門市) 臺北市重慶南路一段 61 號 (重南門市)
電　話	(02)25006600
網　址	三民網路書店 https://www.sanmin.com.tw
出版日期	初版一刷 2020 年 5 月 初版二刷 2020 年 8 月
書籍編號	S870450
I S B N	978-957-14-6803-7

三民書局